長編小説

とろめき嫁のレッスン

霧原一輝

竹書房文庫

目次

第一章　可憐ＯＬの誘い　5
第二章　嫁の性レッスン　50
第三章　よみがえる淫情　101
第四章　レッスンの果てに　135
第五章　今夜限りの肉交　194
第六章　嫁の謀りごと　238

※この作品は竹書房文庫のために
書き下ろされたものです。

第一章　可憐ＯＬの誘い

1

「線香花火するの、ひさしぶりです。上手《うま》くできるかしら？」

　浴衣《ゆかた》姿で庭にしゃがんだ暁子《あきこ》が、ちょっと不安げに功太郎《こうたろう》を見た。暁子は三十二歳だが、小さい頃にしか線香花火の経験がないと言う。

「大丈夫だよ。少しでも動かすと、玉がポトリと落ちてしまうから、そこだけ気をつけて」

「はい、お義父《とう》さま……ここを持っていればいいですね？」

　暁子がにっこりして、線香花火のこよりのようになった持ち手を指でつまんで、玉の部分を下に向けた。

「じゃあ、点《つ》けるよ」

甚平《じんべい》を着た功太郎は電子ライターでその紙で包まれたふくらみに炎を近づける。すぐに火が点いて、火薬の包まれた箇所がつぼみのように球状になる。その赤い球はしばらくうなって震えてから、シャッ、シャッ、シャッと火花を散らす。

「ああ、出てきたわ。きゃああ！」

火花の音に驚いたのか、暁子が自分から線香花火を離そうとするので、

「そのまま、動かさないで」

功太郎が言うと、暁子はうなずいて、右手の袖《そで》を左手で持つ。

しばらくすると、火花が加速度的に増し、大きくなって、シャッ、シャッ、シャッと大きく、強く周囲に飛び散りはじめた。

「すごいわ……！」

暁子が瞳を輝かせる。

「見てごらん。火花が枝分かれしてて、松葉みたいだろ？」

「……ほんとうだわ」

暁子が瞳を輝かせる。

「今の状態を、松葉と呼ぶんだ。他にも、それぞれの段階に名前がついているらしい

ね」

「そうなんですね。こんな小さいのに、すごくきれいで、迫力もある」

暁子は激しく出る火花に見入っている。

一方、功太郎は暁子の姿に視線を奪われている。

紺色に白い幾何学《きかがく》模様の施された落ち着いた浴衣は、今は亡き妻の形見だった。

同じ浴衣を身につけるにしても、亡き妻と暁子では全然違った。

亡妻には申し訳ないが、暁子が着ると、洗練されて、しかも優美に見えた。

長い黒髪は後ろで団子にまとめられ、あらわになったうなじの生え際をひどく悩ましいものにさせていた。

暁子は息子の嫁で、昨年、息子の卓弥《たくや》と結婚して、我が菊池《きくち》家に同居するようになった。現在、卓弥は三十歳で暁子は三十二歳だから、年上女房ということになる。

暁子は卓弥の勤める会社の関連企業で事務員をやっていて、一目惚《ひとめぼ》れした息子が何度も通って、口説《くど》き落としたらしい。

結婚相手として暁子を紹介されたときから、やさしそうで包容力があって、甘えん坊で我儘《わがまま》なところのある卓弥にはぴったりの相手だと感じた。それに、年齢以上にしっかりしているように見えた。

その直感は間違っていなかったようで、若夫婦がこの家に同居してほぼ一年が経つが、暁子の家事は完璧と言ってよかった。また、昨年会社を定年退職して家にいることの多い功太郎の面倒もしっかりと見てくれる。

それだけでも、嫁としては充分に合格なのだが、穏やかな美人で、オッパイが大きくてスタイルもいいときている。

つまり、嫁としてだけでなく、女性として見てもほぼ完璧だった。あとは子供が生まれればさらにうちも賑やかで、家族らしくなるのだが、二人の間にはなかなか子供ができないようだった。

暁子は同居当初は硬くなっていたのか、ぎこちなくよそよそしいところも見受けられた。だが、この頃は家や義父に慣れてきたのか、随分とリラックスし、功太郎にも気を許してくれるようになった。

今夜も最初は卓弥を入れた家族三人で花火を愉《たの》しむ予定だった。ところが卓弥から、急な仕事が入って帰りが遅くなるという連絡が入った。

功太郎が暁子に『中止するか？』と打診したところ、『いえ、やりましょう』と暁子は積極的だった。

『だけど、二人だけでいいのか？』

『はい……卓弥さんは最近いろいろと忙しいから、また今度となるといつになるか、わかりません。今夜、やりましょう。お義父さまがよろしければの話ですが』

と、暁子が言ったので、功太郎は同意した。

本心を言えば、暁子と二人で花火をすることに、ひそかな胸のときめきを覚えていた。そして、今も胸の高鳴りは消えていない。

六十一歳にもなって、しかも、息子の嫁にときめくなんて、とも思うのだが、実際にそう感じてしまうのだからしょうがない。

暁子が我が家に入ってすぐに、これは予想以上にいい女だと感じた。その印象は強くなるばかりで、一年経った今では、暁子と顔を合わせ、会話を交わすことが毎日の大きな喜びになっていた。

シャッ、シャッ、シャッと四方八方に飛び散る火花が、暁子の浴衣に包まれた尻や、幸せそうな顔を照らしだして、功太郎はこの光景をいつまでも見ていたいと思った。

だが、線香花火の寿命は短い。

少しずつ火花が弱くなって、丸い火の玉がどんどん痩せ細ってきた。

「あっ……！」

暁子が無意識に手を動かしたのだろう、小さくなった玉がぽとりと地面に落ち、消えていった。

暁子が失敗したわ、という顔で功太郎を見た。切り揃えられた前髪からのぞくアーモンド形の目が、悔しさを伝えている。

そのチャーミングな表情にドキドキしながらも、

「まあ、しょうがないよ。もう最後だったしね……もう一回するかい？　まだまだ花火は残っているから」

言うと、暁子がにっこりとしてうなずいた。

「……でも、お義父さまもやりましょうよ」

「そうだな、俺もやろう」

線香花火を選びながら、功太郎の頭に閃いたものがあった。

「今、思いついたんだが……一緒にはじめて、どちらが長持ちさせられるか、競争しようか？」

「ふふ、いいですよ。でも、わたしは初心者だから不利だわ。こうしましょうよ。まず、お義父さまのを点けてから、こっちを点けましょう。そうすれば、ハンデができるでしょ？」

さすがに頭の回転が速いな、と感心しつつ、

「いいぞ。そうしよう」

と、答える。

二人はそれぞれよさそうな線香花火を選んで、こよりの部分を持つ。

暁子はとても愉しそうで、功太郎も気持ちが弾《はず》む。

功太郎は電子ライターで最初に自分の線香花火に火を点け、着火を確認し、揺らさないように慎重にライターを近づけて、暁子の花火にも火を点ける。

丸まって、ジージーと唸っていた赤い火の玉から、火花が弾《はじ》けだす。

自分がローンで建てたマイホームの庭で、美しい息子の嫁と線香花火に興じている。

決してひろくはない庭だが、苦労して我が家を建ててよかった、と思える瞬間だった。

暁子はちらり、ちらりとこちらをうかがいながら、浴衣の袖をまくって、線香花火を揺らさないように慎重に持っている。

二つの線香花火を見る目がきらきらしているし、勝とうという真剣な様子が伝わってくる。

日頃はとても落ち着いているので、勝ち負けなどには執着しないタイプなのかと思っていたが、そうではないようだ。とても無邪気な目をしていて、暁子の新しい面を発見したような気がして、功太郎はうれしくなる。

勝負はまだわからない。どちらもほぼ同じような経緯をたどっているように見える。敢えて言えば、功太郎のほうが少し有利だろうか？

そのとき、暁子の膝が動いたような気がして、ハッとしてそこに視線を投げる。

暁子はバランスを取るために、浴衣の膝を少し開き、その前で右手で線香花火を持っている。その膝が少しずつひろがっている。

（えっ……？）

功太郎はその動作の意味がつかめず、暁子の顔を見た。

すると、暁子はふっと悪戯《いたずら》っぽく微笑み、線香花火を持った右手はそのままで、左手で浴衣の裾《すそ》をつかみ、少しずつ、たくしあげていくのだ。

紺色で白い模様の浴衣の裾があがっていき、暁子の膝から下が見えた。草履《ぞうり》を履いて、膝を曲げているので、むっちりとしたふくら脛《はぎ》がひしゃげている。

線香花火越しに見える仄《ほの》白い足はあまりにも艶《なま》めかしかった。

見てはいけないと思うものの、いったん吸い寄せられた功太郎の視線はもう外せない。暁子の膝がゆっくりと少しずつひろがっていく。

それにつれて、あがっていた浴衣の前が割れて、むっちりとした太腿《ふともも》がのぞいた。仄白く浮かびあがる内腿はかなり際どい奥までのぞいている。しかも、その前では線香花火が勢いよく火花を散らし、その火花が太腿の奥まで明るく照らしているのだった。

（こんなことをして……どういうつもりだ？）

これまで暁子は比較的露出の少ない服を着ていた。また、しどけない態度で功太郎を誘うこともなかった。

それゆえに、功太郎の受けた衝撃は大きかった。

最後に暁子がぐいと太腿をひろげ、その瞬間、奥に黒いものが見えた。

（今のは、下の毛か？　暁子さんノーパンなのか！）

功太郎の体に強烈なパルスが流れ、その動揺が指先にも伝わったのか、せっかく最盛期を迎えていた火の玉がぽとりと落ちてしまい、地面の上で火花を放っている。

「落ちちゃいましたね」

そう言って、暁子は功太郎を見て、にっこりとする。

「ふふっ、わたしの勝ちです」

「……暁子さんが、その……」

足を開いたからだという言葉を呑み込んで、視線をやると、さっき開いていた膝が今はもうしっかりと閉じられているではないか。

「……！　ずるいぞ」

「何がですか？」

暁子が明るく笑いながら、シラを切る。

「だって、暁子さん、今、足を……」

「足を？」

「開いたじゃないか」

「ふふっ、開いてませんよ」

「いや、したよ……」

功太郎が言い募ろうとしたとき、暁子の線香花火の玉がぽとりと落ちて、

「……ああ、落ちちゃったわ」

暁子が地面でなお小さな火花を出している赤い残骸を見て、残念そうな顔をした。

2

三十分後、功太郎はロングソファの上にうつ伏せになっていた。その上に暁子がまたがって、腰を揉んでくれている。

「腰がすごく張っていますね。カチカチですよ」

暁子が心配そうに言って、腰をぎゅっ、ぎゅっと指圧してくれる。浴衣姿のまま功太郎にまたがっているので、お尻の柔らかさと重みを感じる。

正面から見たら、きっと足をひろげた暁子の姿が見えるのだろうが……。さっきの線香花火での出来事のように。

「今の仕事が仕事だからね。普段は事務なんだけど、人員が足りないときは駆り出されて、倉庫で働くから……昔のように、椅子に座って、ハンコつけばいいって訳にはいかないよ」

功太郎は一年前までは中堅の商社で課長をしていた。そこを定年退職して、関連会社に嘱託《しょくたく》として雇ってもらった。商品管理の仕事をしているので、倉庫で重い荷物を積み上げたりしている。それで、どうしても腰に負担がかかるのだ。

六十一歳にもなって力仕事か、と思わなくはないが、嘱託で雇ってもらっているだけでも感謝しなくてはいけない。

「大変ですね……ここはどうですか？」

暁子が尻の上側を指で押さえるので、

「ああ、そこだ……気持ちいいよ」

思わず言うと、暁子は親指を当てて、ぐっと体重をかけてくる。

「ああ、そこだ……ああ、コリがほぐれていくよ……ぁああ」

あまりの気持ち良さに、女のような声を出してしまう。

暁子が左右の尻を両側からつかんで、交互に揺するので、ぶるぶると尻が震えて、そのほぐれていく感触がたまらなく快感だった。

「上手いね。そう、それだ……ああ、ほぐれていくよ」

暁子はマッサージが上手で、毎日やってほしいくらいだ。これが女房なら多少甘えられるが、暁子は卓弥の嫁なのだから、そうそう我が儘も言っていられない。

暁子が肩のほうを揉みはじめた。

浴衣に包まれた尻が完全に腰に乗っているから、その重みと肉のたわみを感じる。今、後ろを振り返れば、浴衣がまとわりつく足がひろがって、際どいところまで見えそうだ。

だが、それをやったら、覗こうとしたとばれてしまう。それは避けたい。

しかし、先ほど暁子は線香花火をしながら、明らかにわざと浴衣をたくしあげて、膝を開いた。

もちろん、線香花火の長持ち合戦に勝つために、足をひろげて、動揺を誘ったのだろうが……しかし、普通、あそこまでしないだろう。

ましてや、暁子はこれまでは服装に気をつかって、露出オーバーの服など着たことがないのだから。何か心境の変化があったのだろうか？

肩を揉みながら、暁子が訊《き》いてきた。

「お義父さま、先週の金曜日、帰りが遅くて酔っぱらっていらっしゃいましたよね。何かあったんですか？」

よく覚えているなと感心しつつも、問いただす。

「何かへんだったか？」

「いえ、あれから、お義父さま、様子が変わられたので……」

「俺が、変わったって？」

「はい、明らかに元気になられたような……会社に行くときも、愉しそうですし」

「……そうかな。不思議だな。これといって特別なことはなかったんだが」

そう誤魔化しながらも、功太郎には、あのことだなと思い当たる節がある。

真下七海《ましたななみ》は、今、功太郎が通う会社で同じ部署にいる二十五歳のＯＬだ。

七海は最近、部署移動してきたので、部内でも右往左往していることが多く、可哀《かわい》相《そう》に思い、仕事のやり方を教えたり、それとなく手助けをしてやった。この会社では功太郎は後輩だが、仕事に関してははるかに先輩だった。

七海は娘と言っていいほどの年頃で、失敗つづきで上司から叱責されるのを見ていられなかったのである。

そうしたら、先週の金曜日に、七海に『お食事、行きませんか』と誘われた。どうしようか迷ったが、せっかくの好意を無駄にしてはいけないと、一緒に食事をして、呑んだ。

七海は、これまでの感謝の気持ちを伝えてきて、また、彼女はとても明るくて、チャーミングな子なので、功太郎の気持ちも弾んだ。だいたい、こんな若い子と二人で飲み食いをしたことなど、最近はなかった。

別れ際に、『また、つきあってくださいね』と言われた。

自分ではわからなかったが、暁子が元気になったと言うのだから、心のどこかで、七海と会社で逢ったり、外で食事をすることに、喜びを見いだしているのかもしれない。

同時に悩みもあった。それは、年齢が離れすぎていて、時々、話が嚙《か》み合わないことだ。俗に言う、ジェネレーションギャップというやつだ。

だから、功太郎自身は愉しくても、七海がどうなのだろう？　という不安もあった。

「ほんとに何もなかったんですか？」

暁子が肩甲骨《けんこうこつ》の中心を指圧しながら、執拗に訊ねてきた。

なかなか追及が厳しい。きっと暁子のなかには確信があるのだろう。

これは逃げ切れないかもしれない。それに、この際、若い女性とのつきあい方を、同じ女性に聞いておきたい。婉曲《えんきょく》に話した。

「……たとえばの話なんだが……」

「はい。たとえば……？」

「俺くらいの中年が、若い女の子とつきあうにはどうしたらいいんだろうね？」

「えっ……お義父さま、もしかして、若い子に言い寄られています？」

「いや、そうじゃないよ。あくまでも、たとえばの話だよ」

功太郎はあたふたして言う。

「たとえば……相手は何歳くらいですか？」

暁子が食いついてきた。

「二十五歳かな……たとえばの話だけどね」

事実を伝えると、暁子がぎゅっ、ぎゅっと肩甲骨を押しながら、言った。

「二十五か……たとえばの話ですが……会社の後輩とかですかね？」

「まあ、そんなところかな……」

「お義父さまが六十一で、その彼女が二十五というと……三十六歳差ですね」

「いや、あくまでも、たとえばの話だから……」

「たとえば、の話じゃありませんよね」

暁子がきっぱり言って、ぐっと肩のツボを押してきた。

「お、くっ……！」

「お義父さまの体験なさってることですよね？　誰にも言いませんから、具体的に話していただけませんか？　そうでないと、アドバイスはできません。お話ししていただけませんか？」

そう言って、暁子が指の動きを止めた。

「しょうがないな……じつはね……」

と、功太郎は七海とのこれまでの経緯を話した。

「さすが、お義父さま。おモテになりますね？」

「いや、俺は全然モテないよ。たぶん、大したあれはなくて、世話になったことへのお礼みたいなものだと思うけどね……七海ちゃんはかわいいし、男にはモテモテみたいだしね、俺なんか本気じゃないさ」

「別れるときはどうでした？」

暁子が腰に乗っかったまま訊いてくる。

「別れるのが惜しそうだったな……酔っぱらってたこともあるだろうけど、腕にしがみついて、胸をぎゅっと押しつけてきたからね」

「ふふっ、こんな感じですか？」

次の瞬間、暁子が上から功太郎を抱くようにして、胸を寄せてきた。

浴衣に包まれた胸はたわわで、とても柔らかかった。暁子はそれをぎゅうぎゅうと押しつけてくるので、大きなふくらみがひしゃげて、背中に擦りつけられる柔らかな感触が伝わってくる。

「……！」

功太郎は仰天しつつも、その圧倒的な胸のふくらみに気圧《けお》されて、言葉も出ない。

（な、何なんだ、これは？）

それに、なぜか、暁子はしばらくそのままで動こうとしないのだ。

顔を功太郎の後頭部に乗せ、たわわすぎるふくらみを背中に押しつけたまま、じっとしている。暁子の息づかいが伝わってきて、胸の波打つ様子も感じられて、功太郎は昂奮《こうふん》しつつも、どうしていいのかわからない。

「暁子さん、ちょっと、からかわないでくれよ」

必死に絞りだした声が掠《かす》れた。

「七海さん、きっとお義父さまに甘えたいんだわ。わたしだって、そうなんですよ」

暁子の息が後頭部の髪を揺らす。

「まさか？　いいよ、無理をしなくても……自分がどの程度の男なのかはわかってるよ。この歳になると、自分の身のほどを心得るようになるからね」

「……ふふっ、そういう謙虚なところがいいんですよ。お義父さま、絶対に怒らないし、何でも許してくれるし……そういう懐《ふところ》のひろい男性って、今、ほとんど絶滅危惧種に近いんですよ」

「よしてくれよ……俺も自分のことはわきまえているから」

「そういうところがいいんです」

功太郎は頭をひねる。とても自分がそんなにいい男だとは思えない。

暁子が訊いてきた。

「七海さん、モテるんでしたね？」

「ああ……」

「モテる女の子って大変なんですよ。寄ってくる男を怒らせないで、上手く捌《さば》くのってすごく労力をつかうんです。おまけに仕事にも慣れていないようだし。彼女、きっとパニック寸前だったと思うわ。だから、お義父さまが唯一のオアシスなんじゃないかしら」

「……そういうものかな？」

「はい……七海さんを甘えさせてやってください。彼女、一線を踏み越えることはしないと思います。お義父さまもそのへんを踏まえて、つきあえば……」

暁子も間違いなくモテたはずだ。そういう女の先輩の言葉には、重みがあった。

「そうか、わかったよ。何だか気分がすっきりしたよ」

「よかったわ。お義父さまの助けになれて……これからも七海さんとのこと、逐一報告してくださいね。できる限りのアドバイスをしますから」

「ああ、そうするよ。しかし、暁子さんはなぜ俺のことをこんなに気づかってくれるの？」

「だって、わたしのお義父さまなんですよ。家族なんですよ。当然のことです」

「……ああ、なるほど。そうだな、ありがとう」

功太郎は腕に顔を乗せる。

と、暁子がまた背骨の両側をぎゅっ、ぎゅっと押しはじめた。

指圧の心地よさと、浴衣越しに感じるヒップのたわみに、功太郎はうっとりし、それを知られまいと洩れそうになる陶酔の声を必死に押し殺した。

3

その夜、功太郎は七海とともに居酒屋の個室で飲み食いをしていた。

七海に「ご相談したいことがあるんですが……」と真面目な顔で言われて、これは只事ではないと感じ、会社を終えてからこの居酒屋に誘ったのである。

暁子から、「甘えさせてあげて」とアドバイスをもらっていたし、ここは相談に乗ることにした。

生《なま》ビールをジョッキでこくっこくっと呑む七海は、いつものごとく愛らしい。くりっとした目をしているが、笑うと三日月のようになって、親近感が増す。前髪は真っ直ぐに切り揃えられていて、両側はマッシュルームのように丸くととのえられていた。美人でないと通用しない髪形だが、もともと目鼻立ちのくっきりした顔立ちをしているから、ショートヘアがかわいさを引き立てている。

真夏ということもあって、七海はノースリーブの薄いニットを着ているが、胸が大きいからそのふくらみが浮かびあがっていて、目のやり場に困る。

七海が生ビールを半分ほど呑んで人心地がついたようなので、早速、訊いてみた。

「ところで……相談って何なの？」

「じつは……」

と、七海が話してくれた内容はこうだ。

社内のある男性から、つきあってくれないかと交際を申し込まれている。だが、七海はその相手に好意を抱いていない。これ以上返事を延ばしていると、相手にも失礼だから、早く断りたいのだが、相手が会社の先輩であり、断ってしまうと、以後の仕事がやりにくくなりそうな気がする——。

「……わたし、どうしていいのかわからなくて、それで菊池さんに相談したんです。菊池さんなら、きっと何かいいお考えがあるんじゃないかって」

そう言って、テーブルを挟んだ向かいの席から功太郎を見る七海は、心から悩んでいるという浮かない顔をしていて、どうにかしてあげたくなる。

しかし、功太郎はそう恋愛経験が多いわけでもないし、また、女性からの恋愛相談に乗ったことなどない。経験も知識もないから、答えようがない。

（暁子さんに電話をして、訊いてみるというのはどうだ？　彼女なら、きちんとした

回答ができるはずだ）

　妙案を考えて、実行に移した。

「そうだねぇ……あっ、ちょっとゴメン。トイレに行ってから答えるよ。じつはさっきから……ゴメンね」

　そう言って、功太郎は個室を出て、急いで男子用トイレの個室に入る。そこで、ケータイで電話をすると、幸いにもすぐに暁子が出てくれた。

「今、じつは七海ちゃんと逢っているんだが……相談をされてね。それが俺ではちゃんとした答えが返せないんで、あなたに相談したいんだが、大丈夫か？」

　しどろもどろになって言うと、暁子がどうぞと言うので、相談事を告げると、話を聞いた暁子がそれならば、とすぐに対処の仕方を教えてくれた。

「わかった。ありがとう……それでいくよ」

　功太郎は電話を切り、トイレを出て、「ゴメン、ゴメン」と謝りながら席に戻った。

「さっきの件だけど……今、トイレでも考えたんだが……」

　気を持たすと、七海が身を乗りだしてきた。

　ニットを突きあげる大きな胸に目を奪われて、いかん、いかんと自分を叱責し、

「じつは、結婚を考えているほど好きな男性がいるんです。ゴメンなさい……って感

じで、柔らかく断るのが一番じゃないかな」

と、暁子に言われたことをそのまま口にする。

「そうですよね。じつはわたしもそれが一番かなとも思っていました」

七海がくりっとした瞳を輝かせたので、よし、やったぞ、と功太郎は内心で快哉《かいさい》を叫んだ。

「そうしたほうが相手も傷つかないだろうし……なるべく早めに言ってあげたほうが、その彼のためになるんじゃないか」

功太郎は、暁子に言われたことをそのまま告げる。

「ありがとうございました。そうしてみます。迷いがなくなりました。ありがとうございます」

七海が頭をさげたので、ニットの胸元に少し余裕ができて、そこから、丸々としたふくらみとその谷間がのぞいて、功太郎はドキッとしながらも、

「よかったよ。きみの背中を押すことができて」

年長者の余裕を見せる。

それからは、愉しい時間が待っていた。

七海は決心がついて気持ちが晴れやかになったのか、いつにも増して陽気で、よく

お酒を呑んだ。

ビールから冷酒に変えて、七海はコップ酒をこちらが心配になるほど快調に空けて、

「わたし、彼氏いないんですよ。どうしてできないんですかね？」

などと赤い顔で訴えてくる。

「不思議だな、きみのようなステキな子に彼氏ができないなんて……」

「わたし、ステキですか？」

七海が目の下をピンクに染めて、やけに艶めかしい顔で功太郎を見た。

「ああ……不器用なところはあるけど、すごく頑張り屋さんで、一生懸命だし……気もつかえるし……きみの彼氏になった男は幸せ者だと思うよ」

「ほんとにそう思ってますか？」

「もちろん。ほんとうにそう思ってるよ」

功太郎が言うと、七海がうれしそうに微笑んだ。

その後も七海のピッチはあがり、居酒屋を出る頃には、不安が的中して七海はべろんべろんに酔っていた。

足元をふらつかせて、

「わたし、もう歩けません」

と、功太郎の腕にぎゅっとしがみついてくる。ニットを押しあげた大きな胸のふくらみがぶわわんと接触してきて、功太郎も困ったようなうれしいような気分だ。

（ああ、このオッパイを……）

と、男なら誰でもが抱くだろう邪心を芽生えさせる。それを、いや、ダメだ、七海は年上の男に甘えたいだけなんだから、と自分を律する。

しかし、足元も覚束ない若い女の子をこのまま帰すのは危険すぎた。

「じゃあ、タクシーで送るよ。住所言えるよね？」

訊くと、七海がこくんとうなずいた。

功太郎はタクシーを止めて、七海を先に乗せて、あとから乗り込んだ。

七海の住所をドライバーに伝えて、彼女のマンションに向かう途中でも、七海はぐらぐら揺れながら、身体を預けてくる。

そのたわわなオッパイがぎゅうぎゅう押しつけられて、股間のものが力を漲《みなぎ》らせそうになり、それをダメだ、ダメだと戒《いまし》める。

やがて、タクシーが山手線の外側にあるマンションの前に到着し、七海を降ろそうとしたが、まだ酔いは醒《さ》めていないらしく、まともに歩けない。

しょうがないので、功太郎も降りてタクシーを帰し、七海を支えながらマンションのエレベーターに乗る。

八階建てのこぎれいなワンルームマンションの五階に、七海は住んでいた。

七海からキーを借りて、ドアを開け、なかに入りながら明かりのスイッチを点ける。

そこはいかにも女の子らしい調度品で飾られたワンルームで、壁に沿って小さなシングルベッドが置いてあり、その前にローソファとテーブルがあり、入り口側にキッチンがある。

ふらふらしている七海をベッドのエッジに座らせ、キッチンの冷蔵庫からミネラルウォーターを取り出し、それをコップに注いで、七海に持っていく。

七海はこくっ、こくっと冷えた水を美味《おい》しそうに飲んで、

「ありがとうございます。すみません」

と、飲み終えたコップを差し出してくる。

功太郎はそのコップをキッチンに戻し、もう一度、七海の前にしゃがんで、

「じゃあ、これで帰るから。もう大丈夫だね？」

肩を叩いて立ちあがろうとしたとき、その手をぐいっとつかまれた。エッと思ったときは、ベッドに引き倒されていた。

ピンクのシーツの敷かれた小さなベッドに仰向《あおむ》けに倒されて、

「おい……？」

功太郎が起きあがろうとしたとき、七海が覆いかぶさってきた。

七海は小柄だが、胸は大きい。折り重なってこられて、ニットに包まれたたわわなふくらみを感じて功太郎は一瞬、その豊かな弾力に気を取られた。

次の瞬間、熱い息づかいとともにキスされていた。

（……！）

ぷるるんとした唇が功太郎の口をふさぎ、日本酒の甘い香りの息がかかる。そうしながら、七海は功太郎の顔をかき抱き、大きな胸をぐいぐいと押しつけてくる。

こんなことをされたのはいつ以来だろう？

一瞬理性を失った。

長い間、忘れていた熱い情感が下腹部からせりあがってくる。だが――。

わずかに残っていた理性を振り絞った。

「ダメだよ」

七海の顔を引き剝《は》がして言う。

「ダメじゃないわ」

七海がまたキスしようとする。その顔を手でふさいで、功太郎は言う。

「きみは酔っているんだ。俺は六十歳を過ぎているんだよ。七海ちゃんはまだ二十五歳だろ？　いくら何でも歳が離れすぎてる。ダメだよ」

「歳なんて、関係ないわ。わたしが嫌いなんですか？」

そう言う七海の瞳がねっとりと潤んでいる。

「嫌いなはずがないじゃないか。きみのように若いモテモテの子が、どうして俺みたいなオジサンに？　それがわからないんだよ」

「わたし、菊池さんと一緒にいると、すごく落ち着くんです。菊池さんだけなんですよ。一緒にいて、リラックスできて、自分が自分でいられるのは」

七海はなおも言い募って、哀切な目を向ける。

「それはうれしいけど……でも、それは、こういうこととは別次元のことじゃないの？」

「それが……そうでもないんです」

七海は功太郎の手をつかんで、膝丈のスカートの奥へと招き入れ、

「触ってください、奥を……」

パンティの裏側へと、功太郎の手を導き入れる。

猫の毛みたいな柔らかな繊毛があって、その奥に、ぬるっとした女の花びらが息づ

いていた。

（えっ……？）

ドキッとして、指が硬直する。

「濡れてるでしょ？　いっぱい……」

功太郎は七海の潤んだ目を見ながら、こくこくとうなずく。

「わたし、安心できる人じゃないと……心を開ける男性じゃないと、ここが濡れないんです」

七海はぱっちりとした目を向けて、衝撃的なことを言い、ふたたび顔を寄せてくる。

七海はキスをしながらも、功太郎の手を太腿の奥に引き寄せたままだ。

「む．　ううう……！」

功太郎は進退窮《きわ》まった。いや、それはあくまでも表面的な心の内で、理性はとろとろに溶けていき、実際は身も心もセックスモードへと変わりつつあった。

ぷるるんとしたサクランボみたいな唇だった。なめらかな舌がいやらしく功太郎の唇をなぞってくる。そして、七海はキスしながら微妙に腰を揺するので、濡れ溝にあてがわれた功太郎の指がぐちゅ、ぐちゅと音を立てて、蕩《とろ》けた粘膜を擦る。

（ええい、こうなったら……ちょっとだけなら、いいだろう）

功太郎が欲望に負けた瞬間だった。

おずおずと中指を立てると、肉びらの狭間《はざま》にぬるりと嵌《は》まり込み、ますます恥肉を功太郎の指に擦りつけてくる。

「あああ……！」

唇を離して、七海がのけぞった。

そして、上体を反らせたまま、尻を前後左右に揺すって、ぐちゅぐちゅと指が潤みをかき混ぜる音がして、七海は「ああ」と悩ましい声を洩らす。

（も、もう少しくらい、いいだろう）

功太郎は立てた中指を折り曲げてみた。すると、中指がくちゅりと粘膜をかき分けて、温かい肉の道に入り込んでいき、

「くううう……！」

七海がいっそう激しく顔をのけぞらせた。

次の瞬間、功太郎の中指を包み込んだ粘膜が、ぎゅ、ぎゅっと波打って、締めつけてきた。

そして、七海は「ああん、ああん……」とかわいらしく、艶めかしい声をあげて、

下腹部を擦りつけてくる。

（……どうしたらいいんだ？　こんなつもりじゃなかったんだが……）

しかし、七海の体内からはぬるっとした蜜が大量にあふれて、功太郎の指はおろか手のひらまでも濡らす。

（ええい、こうなったら、もうやるしかないだろ！）

功太郎は覚悟を決めた。

4

功太郎が服を脱いでいる間に、七海も裸になる。

一糸まとわぬ姿になった七海を見て、功太郎は目を見張った。ものすごくエロチックな裸だった。

小柄でむちむちとしているが、ウエストは適度にくびれて、きめ細かい肌はつるつるだ。しかも、乳房が立派だ。

釣鐘《つりがね》形の大きなふくらみは青い血管が透けでるほどに張りつめていて、乳輪も乳首も透きとおるようなピンクである。たわわなのに、全然たるみがなくて、乳首がツンと威張ったように上を向いている。

この身体で、ショートヘアの似合う顔は小さくてととのっているから、これは男が発情しないはずはない。

だいたい功太郎はこんな若くステキな女の子を相手にした経験がないから、どうしたらいいんだろう、という戸惑いが先に立つ。

ベッドの端に腰をおろしていると、七海が覆いかぶさってきて、功太郎はベッドに仰向けになる。下腹部のイチモツはまだ半勃起状態だから、そこを手で隠している。

七海は這うようにして功太郎を上から見つめ、にこっとして、

「酔ってるから、してるんじゃないんですよ。菊池さんによくしてもらって、そのお礼をしたかったんです。だから……」

「……わかった。ありがとう……だけど、もう何年もしていないから、上手くできるかどうかわからないよ」

「ふふっ……いいんです、そんなことは……わたしの気持ちを伝えたいだけですから」

七海はくりっとした目を垂れ目にして微笑む。

下を向いたたわわな乳房が視界に入る。グレープフルーツみたいなふくらみの頂上

に赤く染まってきた乳首がせりだしていて、そそられてしまう。

と、功太郎の視線を目敏《めざと》く感じ取ったのか、

「オッパイ、吸いたいですか？」

七海が訊いてくる。

「えっ……ぁああ、吸いたいな」

「女の人のオッパイ吸うの、ひさしぶりですか？」

「ああ、ほんとうにひさしぶりだよ」

「いいですよ……吸ってください」

そう言って、七海が功太郎の顔の上に手を突いて、乳房を差し出してきた。

仄白く、たわわに張りつめた乳房がせまってきて、功太郎はこくっと生唾《つば》を呑む。

それから、そっと舌を出して、ぺろりと舐《な》めると、

「あんっ……！」

七海が鋭く反応する。

感度がいい。女性が感じてくれると、男もその気になる。

功太郎はおずおずと乳房をつかみ、乳首をくびりださせる。濡れて尖《とが》った乳首を頬張って、チューと吸う。硬くなっている乳首が伸びて口のなかに入ってきて、

「ぁあぁぁ……」

七海がゆっくりと顔をのけぞらせた。

功太郎は乳首を吐き出して、確かめた。

「気持ちいいかい？」

「はい……すごく……乳首が熱いわ。ジンジンしてる」

「きみは、すごく敏感だね」

「そう、ですか？」

「ああ……」

「恥ずかしいわ」

「いや、敏感なほうがいいよ」

そう言って、功太郎はまた乳首にしゃぶりついた。さっきより乳首が硬く、しこっている。

先をちろちろと舐めながら、ふくらみを揉みしだいた。

やはり大きい。揉んでも揉んでも底が感じられない。そして、たわわなふくらみが動きながら、指にからみついてくる。

舐めている間にだんだんやり方を思い出した。しこりきった乳首を舌で上下になぞり、それから、舌を素早く動かして、れろれろっと左右に撥《は》ねる。

するると、七海はもうどうしていいのかわからないといったように、上体をくねらせ、顔をのけぞらせて、

「ぁああ、ぁああ……いいの」

かわいく喘ぐ。見ると、持ちあがった尻もくなり、くなりと揺れている。

功太郎は乳首をかえて、もう一方の乳首にもしゃぶりつく。そこを柔らかく舌でなぞりながら、さっき舐めたほうの乳房をつかんで、揉みしだく。ふくらみの先の濡れた突起を指で転がすと、

「あっ……あっ……ダメっ……イッちゃう。七海、もうイッちゃう！」

七海ががくん、がくんと腰を撥ねさせた。

「いいんだよ、イッて……いいんだよ」

「いやよ。まだイキたくないの。だって、お礼をしたいんだから、もっと悦《よろこ》んでほしいもの」

そう言って、七海が自ら乳房を離し、顔をおろしていき、功太郎の胸板にキスを浴びせてくる。

決して逞《たくま》しいとは言えない功太郎の胸板を撫でながら、ちゅっ、ちゅっと乳首に唇

を押しつけ、それから、舌先で撥ねるようになぞってくる。

「おっ、あっ……」

ぞわっとした戦慄が身体を流れ、功太郎は恥ずかしい声を洩らし、

「やめなさい……くすぐったいよ」

どうにか面目を保とうとして言う。

「やめません。だって、感じているんでしょう？　乳首が勃ってきたわ」

七海はにこっとして、顔を下へ下へと移していく。

舌が臍《へそ》から下へとおりていくのを感じて、功太郎はとっさに股間のものを手で隠した。

すると、その手を外して、七海がイチモツにキスをしてきた。

「おっ、おっ……くっ！」

功太郎の分身はまだ完全に硬くなっていない。それを見られるのが恥ずかしいが、キスされて、根元をつかんで前後に振られると、ぺちん、ぺちんと肉柱が振れて、下腹部と太腿に当たり、その刺激で少しずつ力を漲らせてきた。

硬くなった肉茎を七海は握って、きゅっ、きゅっとしごき、それから、頬張ってきた。

斜め横から首を伸ばすようにして、柔らかな唇をからめ、ゆったりとすべらせる。

「おおぅ……！」

気持ち良かった。だが、しばらく女の口を体験していなかったせいか、以前のように分身がエレクトしていく力強い感覚がない。

（うん、おかしいな……）

今一つ勃起しきらないのを感じとったのか、七海はいっそう情熱的に唇をすべらせる。

それでも、肉茎がいきりたたないのを感じたのだろう、七海はいったん吐き出して、唾液まみれの肉棒に指をまわして、ぎゅっ、ぎゅっとしごいた。

だが、それが半勃起状態であるのを感じたのだろう、

「あの、シックスナインしてもらえますか？」

肉茎を握りながら言う。

「ああ、もちろん……いいよ」

功太郎もそう答える。七海のオマ×コを舐めれば、昂奮してイチモツがエレクトするのではないか、と思ったからだ。

七海がゆっくりと後ろ向きにまたがってきた。

かわいくぷりっとしたヒップが目の前にせまり、尻たぶの底に花開いている女の花園を目にしたとき、功太郎の分身がびくっと頭を振った。

（よし、昂奮している！）

七海がここぞとばかりに肉棹《にくざお》を握り、強くしごきながら、先端を舐めてきた。亀頭冠に唇をかぶせて、勢いよく往復させる。

（おおぅ、来たぞ、来たぞ！）

功太郎はさらに勢いをつけようと、七海の花肉に顔を寄せる。

清楚と言っていい小ぶりの女性器で、ぷっくりとした陰唇もひろがって内部のサーモンピンクをのぞかせている。ととのった外側とは異なって、狭間は濃いピンクの粘膜が入り組んで、いやらしくぬめ光り、白く濁った愛蜜があふれて、薄い若草のような繊毛に向かってしたたっている。

（ああ、かわいい顔をしているのに、こんなにいっぱい濡らして……）

そのギャップに昂《たかぶ》って、しゃぶりついた。

ぷっくりとした肉びらの狭間に舌を走らせると、プレーンヨーグルトに似た味覚があって、

「んんっ……！」

七海が肉棹を頬張ったまま、呻《うめ》いた。

功太郎がさらに粘膜に舌を這わせると、ぬるっ、ぬるっと濡れた粘膜がまとわりついてきて、

「んんっ……んんっ……！」

七海が咥《くわ》えたまま、尻をもどかしそうに揺すった。

（この子はほんとうに感受性が強い。つきあってきたなかで、これほど感度のいい女性がいただろうか？）

いないような気がする。

（もっと感じさせたい……！）

功太郎は笹舟《ささぶね》形をした女性器の下のほうで尖っている突起めがけて、舌を走らせる。

包皮をかぶったままのそこに舌を打ちつけると、

「あああ……もうダメです……欲しいわ。これが欲しい！」

七海が肉柱を握りしごいてくる。

「いいぞ。上になってくれないか？」

言うと、七海が立ちあがって、向かい合う形で下半身をまたぎ、蹲踞《そんきょ》の姿勢になった。

幸い、イチモツはいまだそそりたったままだ。

(今だ、早く入れてくれ！)

七海は肉棹をつかみ、切っ先を潤みの中心に押し当てて、腰を沈めてくる。

だが、七海の入口が狭いのか、先端がちゅるっと弾かれた。

「ああ、ゴメンなさい……」

七海が謝って、焦ったように屹立《きつりつ》を挿入しようとする。だが、どういうわけか上手く入らない。

そうこうしているうちに、功太郎の分身が力をなくしていくのがわかった。

(ダメかもしれない……！)

心に浮かんだ不安が、ますます分身の勢いを失わせる。

七海は焦ったように、柔らかくなりつつある肉茎を押し込もうとしている。

だが、ダメだった。

「わ、悪いな。きみのあそこが窮屈すぎて、突入できないみたいだな」

「す、すみません」

「いや、きみのせいじゃない。俺がいけないいんだ」

「平気です、まだ……」

七海がベッドの下へと移動して、陰毛の底のものを握り、しごきながら、唇をかぶせてくる。

「いいよ、もう無理みたいだ。待ってくれ。俺が……」

功太郎は七海を仰向けに寝かせて、足のほうにまわる。

5

膝をすくいあげて、あらわになった恥肉にしゃぶりついた。

七海のそこはさっきより濃厚な香りを放ち、舌を走らせると、粘膜がひくひくっと収縮して、

「あああ……！」

心底感じている声を放った。

「悪いね……指で我慢してくれ」

功太郎は中指に薬指を添えて、花開いている膣のとば口へと押し込んでいく。

とろとろに蕩けた肉路を、二本の指が押し広げていって、

「ああ……！」

七海が両手でシーツを鷲《わし》づかみにして、顎をせりあげた。

よほど欲しかったのだろう、窮屈な体内がひくひくっと痙攣《けいれん》しながら、指を締めつけてくる。

(素晴らしい締めつけだ。ああ、ここにいきりたつものを入れたかった！)

功太郎はままならない分身を呪いながら、二本の指をゆっくりと上下に振る。すると、奥のほうの粘膜を指先が押しあげていき、

「ぁあああ、そこ……くっ、くっ……！」

七海は両手を顔の脇に置いて、もっとちょうだいとばかりに下腹部をせりあげてくる。

自分の分身を打ち込めていないことが無念だが、七海は指でも充分に感じている。ならば、もっと感じさせてやりたい。それがせめてもの罪滅ぼしである。

功太郎は二本指で膣内を静かにマッサージしながら、左手を伸ばして、乳房をつかんだ。やはり、たわわである。揉み込むほどに柔らかくしなって、量感あふれる乳房が指にまとわりついてくる。

功太郎の指が頂上の突起に触れると、

「ぁあああぅぅ……！」

七海は顔を大きく撥ねあげ、曲げていた膝を伸ばして、踵《かかと》でシーツを擦りながら、

「あっ……あっ……ぁああ、菊池さん、わたし、わたし、もう……」

功太郎を濡れた目で見あげてくる。

「悪いな、できなくて……俺のことは気にしなくていいから……いいんだよ、感じて。イッてくれれば俺もうれしぃ」

七海は一瞬複雑な表情をしたが、痛ましいほどに勃っている乳首を指に挟んで、右に左によじると、

「ぁああ、いいんです……ぁああ、ぁああ、恥ずかしいわ。動いちゃうの。腰が勝手に動いちゃうの……ぁああ、ああうぅぅ」

七海はあからさまな声をあげながら、顔を右に左に振りたてる。

右手の指が嵌まり込んでいる女の恥肉が、もっとくださいとばかりにせりあがり、その状態で左右に揺れる。

そして、抜き差しされる指と膣の間から、とろとろの蜜があふれ、ぐちゅぐちゅといやらしい音がする。

（すごい感じ方だ……）

功太郎は感動さえ覚える。

若くて感受性の高い女性は素晴らしい。男の本体ではなく、男の指でもこんなに性感を昂らせて、乱れる。

功太郎はがばっと顔を伏せて、乳首にしゃぶりついた。

ふくらみの頂上の尖ったものをチューーと吸い込み、吐き出して、唾液まみれの突起を舌で転がす。れろれろっと素早く舌を打ちつけると、円柱形に勃起した乳首が揺れて、

「ぁああ……ぁあああ……ぁあああ、イキそう！」

七海が顎をせりあげ、そして下腹部も、ぐぐっ、ぐぐっと突きあげてくる。

功太郎の指はうごめくようにして締めつけてくる膣の粘膜を感じていた。そこはどろどろに蕩けているのに、しっかりと二本の指をホールドして、もっとちょうだいとばかりに動きを誘ってくる。

「おおぅ、七海ちゃん……七海……イッていいぞ」

功太郎は乳首を舐めながら、指を抽送《ちゅうそう》する。

かるくピストンして、膣の上方のＧスポットを擦りあげ、さらに、そこを指腹で叩く。

「ああん、それ……！」

七海がブリッジするみたいに下腹部を持ちあげた。そして、膣全体を指とその付け根に擦りつけてくる。

「いいよ、イッて……そうら」

功太郎がつづけざまにＧスポットを叩き、擦りあげたとき、

「……イクぅ……うあっ……！」

七海がいっそう高いところに腰を持ちあげて、両足をピーンと伸ばし、硬直した。

それから、がくがくっと震えながら尻を落とし、ぐったりとして動かなくなった。

若い肉体が絶頂の痙攣をするのを見届けて、功太郎はそっと膣から指を抜く。

上から見ると、七海はエクスタシーを迎えた女の幸せそうな顔を見せて、静かな呼吸を繰り返している。

（イッてくれてありがとう……）

そんな気持ちを込めて、ショートカットの髪を撫でると、七海が大きな目を開けて、功太郎にぎゅっとしがみついてきた。

第二章　嫁の性レッスン

1

翌朝、功太郎は若夫婦とともに朝食を摂《と》っていた。

昨夜は、あれからすぐに七海の部屋を出て、帰宅した。正直なところ、七海との情事をどうとらえていいのか自分でもよくわからなかった。

深夜に帰宅すると、リビングに暁子がいて、

『遅かったですね……大丈夫でしたか？』

と、心配してくれた。暁子に電話で相談したから、その結果を知りたくて、起きて待っていてくれたのだろう。

『ああ、ありがとう……例の相談の件はちゃんと彼女に話したよ。そうしたら、そう

します。ありがとうございましたって……」

『よかったわ……でも、随分と遅くなられましたね？　呑んでいたんですか？』

そう訊かれて、

『あ、ああ……』

誤魔化したものの、気分はすっきりしなかった。

暁子には、七海との進展があったら、逐一聞かせてくださいと言われていた。

いっそのことすべてを明かして、暁子の判断を仰ぎたかった。

だが、自分は七海を抱いてしまった。しかも未遂に終わったのだ。恥ずかしくて、とても言い出せなかった。

暁子ももっと事情を知りたかったようだが、『もう遅いから』と功太郎は誘惑を断ち切って、二階の自室にあがっていった。

そういう事情があるから、こうして家族三人でいつもどおりの朝食を摂っていても、気持ちが落ち着かない。

息子の卓弥はトーストに目玉焼きにサラダという洋食だが、功太郎はご飯に生卵に味噌汁という和食である。

そういう風に、暁子は毎朝作り分けているのだから、とても面倒なはずだ。なのに、暁子は文句ひとつ言わない。そんな暁子には頭があがらない。

今も、ノースリーブのブラウスに長めのスカートという格好で、長い髪を後ろで束ね、夫に合わせてトーストを口に運んでいる。

「父さん、昨夜は遅かったじゃないか？　呑んでたのか？」

卓弥がコーヒーをすすりながら、声をかけてきた。

「ああ……ちょっと後輩とな」

そう答えて、功太郎はちらりと暁子を見る。暁子が薄く微笑んだ。

「ふうん……前の会社の？」

「いや、今のだよ。後輩と言っても、年齢とかキャリアが後輩っていう意味で、会社の在籍年数は俺より多いけどね」

「なるほどな。父さん、仕事のキャリア長いからな。まあ、体調崩さないようにやってくれよ……ああ、そうだ。暁子さん、今夜は接待が入ってて、午前様になるから。先に休んでいてください」

卓弥が隣の暁子を見た。

姉さん女房ということもあるのか、卓弥は暁子に対して、いつも丁寧語をつかう。

夫婦なのだから、もう少し砕《くだ》けた言い方をすればいいのにと思うのだが、結婚前に培った二人の間での口の聞き方は変えることができないらしい。

「わかりました。呑みすぎないようにね」

暁子が姉さん女房風に言う。

「はい……いけねぇ」

卓弥は壁掛け時計を見て、席を立ち、鞄を持って玄関に向かう。そのあとを暁子が追いかけていって、しばらくして戻ってきた。

功太郎の出勤は、卓弥よりだいぶ遅い。

ダイニングテーブルの向かいの席に座って、暁子が言った。

「昨夜、何かあったんですね？　よかったら、話していただけませんか？」

「……ううん、そうなんだが……」

朝食を食べ終えた功太郎は、お茶をすする。

「わたしにも、アドバイスをした責任がありますから」

暁子がじっと見つめてくる。

「そ、そうだな……じつは……」

功太郎は昨夜のことを順を追って、話しはじめる。

酔っぱらった七海を彼女の部屋で介抱していたのだが、そのうち……。

「それで？」

暁子が身を乗り出してきた。

「それで、つまり、彼女を……」

「なさったんですか？」

「ああ……」

うなずくと、暁子がびっくりしたように目を見開いた。

「だけど……」

エレクトしなかったことを話すかどうか迷ったが、思い切って打ち明けることにした。

「その、あの……アレが勃たなくてね……未遂に終わったんだ」

言うと、暁子が眉根を寄せて、複雑な顔をした。

「しばらくしていなかったからね。この調子だと無理かもしれないね。だいたい自分のようなロートルが若い女の子とするなんて、あり得ないよ。これも神の思《おぼ》し召しだろうし……諦めるよ」

そう言って、暁子の言葉を待った。

暁子はしばらくの間考えていたが、やがて、

「相手の七海さん、随分と積極的だったんですね。わたし、彼女を誤解していたかもしれないです。彼女、お義父《とう》さまを心から好きなのかもしれませんね」

「いや、それはないと思うけど……」

「そうでしょうか？　そんなにしっかりした子が酔った勢いだけで、お義父さまに抱かれるって、ないと思います。好きなんだと思いますよ、お義父さまのことが……」

「そうかな？」

「はい……でも、あれですよね。もしお義父さまを好きだとすると、彼女も内心傷ついているかもしれませんね。その、未遂で終わったことが」

「そ、そうかな？」

「はい……」

確かに、昨夜はあれからどことなく関係がぎくしゃくして、別れる際には気まずかった。

「そうか……やっぱりな……」

「七海さんが可哀相。今度はお義父さまが誘ってあげたらどうですか？」

暁子がまさかの提案をする。

「いや、でも、誘っても、また……」

「自信がありませんか？」

「……ああ。今度またできなかったら、もう……」

考えただけでも、ぞっとする。

「協力しましょうか？」

「えっ……？」

「わたしが、お義父さまができるようにしてさしあげます」

そう言った暁子のアーモンド形の目がきらっと光ったような気がした。

「……できるようにって……具体的にどういう？」

「それは……そのときになってのお楽しみということで……」

暁子は艶めかしく上目づかいに見て、席を立ち、キッチンに向かう。

(どういうことだ？　暁子さんは何をしてくれるんだ？)

功太郎は思いを巡らせながら、お茶をズズッとすすった。

2

その日の夕方、功太郎は我が家の玄関の前で立ち止まり、ゆっくりと深呼吸した。

晶子は、功太郎のイチモツが元気になるように協力すると言った。

具体的に何をしてくれるのか、仕事中にも考えていた。

どう考えても、たどりつくのはあのことだった。簡単に言うと、エレクトする手伝いをする、つまり、性の手ほどきだった。

晶子は以前から、『お義父さまにはずっと若々しくいてほしいわ』と口癖のように言っていた。だから、功太郎が若返るために、若い女の子とのセックスを勧めているのだろうか？

しかし、晶子は息子の嫁なのだ。息子の嫁が義父に性の手ほどきなどしてくれるわけがない。晶子には、卓弥という夫がいるのだから。

(きっと、あれはあのときだけの思いつきだ。ついついああ言ってしまったのだ)

功太郎はそう自分に言い聞かせ、玄関の鍵を開けて、なかに入っていく。

「ただいま！」

声を張りあげると、廊下を歩く音がして、晶子がやってきた。

その姿を見て、唖然とした。

晶子はノースリーブの白いブラウスを着ていたのだが、やけに官能的に持ちあがった胸のふくらみの先に、小さな突起が浮かびあがっていたのだ。

しかも、スカートもタイトな膝上で、サイドにスリットが入っているではないか。晓子が我が家に嫁に来てから、こんな悩ましい姿は見たことがない。

「お帰りなさい、お義父さま」

玄関まで出てきた晓子がにっこりする。

いつもはまとめている長いウエーブヘアが波打ちながら、肩やたわわな胸に散っている。

晓子は三十二歳の女盛りで、もともとスタイルがいい。

その晓子が、まるでどこかのＯＬがするような、いや、それ以上にセクシーな格好で、義父を出迎えている。

（本気だったのか……？　晓子さんは本気で俺を……！）

玄関で立ち尽くしていると、

「お義父さま、どうかなさいました？」

晓子が微笑んだ。

「いや……」

と、功太郎は顔を伏せて、家にあがる。

先を歩く晓子の後ろ姿が見える。ぷりっとした尻が歩くたびに揺れて、ぱつぱつのスカートが張りつく丸々とした臀部に目が引き寄せられる。

（こ、こんなにいいケツをしていたのか？）

タイトスカート姿を見たことがなかったせいか、一年も同居していたのに気づかなかった。

「食事にしますか？　すぐにできますから。卓弥さんは遅くなるようですし」

暁子が振り返った。

「あ、ああ……そうしてくれ。着替えをしてくるから」

功太郎は二階の自室にあがり、いつもの甚平に着替えて、リビングに降りてくる。オープンキッチンの横にあるダイニングテーブルに、暁子が料理を並べているのを見て、食卓についた。

功太郎の好物であるビーフシチューを並べながら、暁子が訊いてきた。

「今日、会社で七海さんの様子はどうでした？」

「ああ、何か、よそよそしかったよ」

「やっぱりね……」

「暁子さんの言ったとおりだったよ」

「何か対策を考えないといけませんね。それはあとでいいわ。まずは、シチューを味わってくださいな」

そう言って、暁子が向かいの席についた。

「いただきます」をして、功太郎はビーフシチューをスプーンですくって口に入れる。

「うん、美味しいね。暁子さんの味付けがいちばんだよ。そのへんの洋食屋より美味しいよ」

「ありがとうございます。じっくり煮込んでありますから」

うれしそうに言って、暁子もスプーンでシチューをすくう。

その姿が眩《まぶ》しすぎて、功太郎は目を細めた。

いつの間にか、ブラウスの胸ボタンを上から二つ外しているので、余裕のできた胸元から丸々としたふくらみの上端が見えている。そこにウエーブヘアがかかっていて、途轍《とてつ》もなく色っぽい。

しかも、大きなふくらみの頂上の少し上には、白いブラウスを通して、ピンクっぽい色と乳首の突起が透けだしてしまっているのだ。

明かにノーブラだった。やはり、暁子はこのセクシーすぎる格好で功太郎の性欲をかきたててくれているのだろう。

視線を奪われそうになるのをどうにかこらえて、功太郎はよく煮込まれて柔らかくなった牛肉を嚙み、タイ米を口に運ぶ。功太郎はパンを食べないので、パンが合う洋食のとき、暁子はタイ米を使ってくれる。

「卓弥も残念だろうね。こんな美味しいシチューのときにいないとはね」

功太郎が言うと、

「取っておきますから、大丈夫です。それに、卓弥さんは最近随分とお忙しいみたいですから」

暁子の言い方に険を感じた。

「……卓弥は確かに最近、出張がよくあるし、帰りが遅くなることが多いな」

「ええ……今夜だって、誰を接待しているんだか……」

「えっ……？」

「ああ、すみません。いいんです」

暁子がうつむいてシチューを口に運ぶ。

こんな言い方を暁子がするのは、初めてだった。

(どうしたんだ？　二人の間に何かあったのか？)

気にかかったが、食事時に問いただすような事柄ではない。

功太郎は黙って、シチューを口に運ぶ。

食べ終わって、卓弥はオープンキッチンのカウンターのスツールに腰かけ、コーヒーをすする。

その間に、暁子はキッチンで食器を洗う。

一メートルも離れていないので、功太郎には暁子の様子がよく見える。

ゆるやかにウエーブした髪が肩にかかり、下半身に小さな前掛けをしているが、前に屈んで食器をスポンジで洗っているので、上から二つボタンの外されたブラウスの襟《えり》元から、たわわな丸みが半分ほどのぞいてしまっている。

キッチンに取り付けられた長い蛍光灯が、暁子の乳房を照らしだして、その白々としたきめ細かい肌が功太郎の目を釘付けにする。

暁子の動きにつれて微妙に乳房が揺れて、丸い乳輪が見え隠れし、今にも乳首が見えそうだった。

見えそうで見えない乳首をどうにかして見たいものだと、コーヒーをすすりながら首を伸ばす。そのとき、淡いピンクの突起らしきものが目に飛び込んできて、その瞬間、股間のものが甚平を突きあげるのがわかった。

（おおぅ……これは？）

七海を前にしたときは、いまひとつエレクトしなかった分身が、息子の嫁の乳首を少し見ただけで、こんなに力強くいきりたった。

うれしくなって、コーヒーを飲みながら、もう一方の手で甚平の股間に触れてみた。

そこは、布地の上からでもそれとわかるほどにそそりたっていた。

甚平の上からさすってみると、肉茎の硬さや火照《ほて》りが伝わってきて、ますます力を漲らせる。

食器を洗い終えた暁子が手を前掛けで拭き、その前掛けを外して、キッチンから離れ、こちらに向かってきた。

（ああ、マズいぞ）

功太郎は、前屈みになって股間を隠す。

暁子がリビングのロングソファに腰をおろして、足を組んだので、タイトミニのスリットが割れて、むっちりとした太腿があらわになった。

（ダメだ。このままでは……！）

張りつめた股間を必死に手で覆っているうちに、勃起が少しずつおさまった。ホッと一息ついていると、

「お義父さま……そろそろ、さっきの話をしたいんですが……七海さんとの」

暁子がこちらを見て、髪をかきあげる。

「あ、ああ……」と功太郎はスツールを降りて、リビングの肘かけ椅子に腰をおろす。部屋のコーナーに置かれているテレビが見えるように、ロングソファとは直角の位置にあるひとり用のソファで、ここが功太郎の定位置だった。

功太郎はいまだ半勃起している股間を隠そうと、足を組んで座った。

すると、義父と話すのに足を組んでいては失礼と感じたのか、暁子が組んでいた足をほどいて、座り直した。

タイトスカートに包まれた尻と品良く揃えられて斜めに流れた脚線美に見とれそうになる。

「居酒屋で相談に乗って、それから、どうなさったんですか？」

暁子が穏やかな表情で訊いてくる。この穏やかですべてを許しますという顔をされると、何もかも話したくなる。

「居酒屋を出たとき、七海さんがべろんべろんに酔っぱらっていて、歩けないほどだったから、タクシーで彼女のマンションに送ったんだ」

昨夜のことを思い出しながら口にすると、暁子はうなずきながら聞いて、次はという顔でせかしてくる。

「それから、ええと……彼女の部屋で酔いざましの水を飲ませて……帰ろうとしたら、彼女にベッドに倒されて……それから、キスされて……拒んだんだけど……」

「では、そのとおりにやっていただけませんか？」

「はっ……？」

「ですから、わたしを七海さんだと思って……そうしないと、原因がつかめません」

暁子がまさかのことを言う。

「暁子さんを相手にするのは、そりゃあ、い、いやじゃないけど……だけど……実際にキスなんかはできないぞ」

「わかりました。その真似だけでいいです」

「そうか、それなら……そっちに行くのか？」

「はい……ここをベッドだと思って」

暁子がロングソファを叩く。

功太郎は驚きつつも、どこかわくわくして近づいていき、

「昨夜のとおり、やるんだね？」

「はい……」

「行くぞ。……じ、じゃあ、これで帰るから。大丈夫だね？」

功太郎は思い出しながら、昨夜のやり取りを再現する。

「ここで、七海さんが抱きついてきたんですね？」

「あ、ああ……」

「では、もう一度……」

「これで、帰るから。大丈夫だね？」

そう言って屈み込んだ瞬間、暁子が抱きついてきた。

ロングソファに倒れ込みながら、巧みに身体を入れ替えて、功太郎をソファに仰向けにさせ、覆いかぶさるように顔を寄せてきた。

あっと思ったときは、実際にキスをされていた。

（えっ……？　フリをするだけじゃなかったのか？）

功太郎はびっくりしながらも、動けない。

暁子は功太郎の顔を両手で挟み付けるようにしながら、じっくりと唇を合わせる。

暁子の温かい息がかかり、さらさらの髪に顔を撫でられ、とても柔らかな唇が押し当てられる。

その唇は、七海のものよりもソフトで、キスはやさしさにあふれている。

暁子はいったん唇を離して、上から功太郎を見た。きゅっと口角を吊りあげる。目尻のさがった愛嬌のある表情が、功太郎の緊張感を解いていく。

垂れさがっている黒髪、ブラウスのひろがった襟元からのぞくたわわなふくらみは乳首が見えかかっている。

暁子は顔の角度を微妙に変えながら、ちゅっ、ちゅっとかるいキスを唇にして、ふっと微笑んだ。それから、赤く尖った舌を出して、功太郎の唇を舐めてくる。

ゆっくりと唇をなぞられると、ぞくぞくっとする戦慄が全身に流れた。

（七海はこんなふうにしなかったんだが……）

そう思ったのも束の間、すぐに、そんなことはどうでもよくなった。

暁子は強く唇を押しつけて、功太郎の顔をかき抱き、時々、唇やその内側に舌を走らせる。

手がおりていって、甚平の胸元をまさぐってきた。少しひんやりした手が襟元から内側に入り込んできて、じかに胸板をなぞる。そうしながら、暁子は唇を重ね、ついばみ、静かに舐めてくる。

（ああ、すごい……巧みすぎる）

功太郎の脳味噌が蕩けていき、代わりに性欲がうねりあがってくる。

相手は息子の嫁である。こんなことをしてはいけないことはわかっている。

（だが、これは暁子さんが俺を元気にさせようとしてくれているんだ。だから、だから、いいんだ……ぁあああ、そこは！）

　暁子の手が胸板からおりていって、甚平のズボンの股間をなぞってきた。しなやかな指が触れた途端に、分身が起きあがってくる。

「ふふっ、お義父さまのここ、もう硬くなっていますね」

　暁子が唇を接したまま、言う。

「あ、ああ……何かへんなんだよ。昨夜はこうはならなかったんだけど……」

　暁子は満足したときに見せるアルカイックスマイルを口許《くちもと》に浮かべながら、甚平の上から股間のものをさすってくる。

「お、あっ……」

　分身がズボンを突きあげるほどにいきりたってきたのが、自分でもわかる。

　と、暁子は甚平の紐をほどき、上から手をすべり込ませた。そして、ブリーフ越しにイチモツをさすってくるので、それはますます勃起する。

「へんですね。お義父さまのここ、すごく元気ですよ」

「あ、ああ……不思議だな。どうしてなんだろう？」

「どうしてなんでしょうね？」

　暁子は薄く微笑みながら、屹立をブリーフ越しに握ったり、擦ったりする。

「ああ、ダメだよ。こんなことをしては……」

「だって、わたしはお義父さまのためにしているんですよ。七海さんとちゃんとしてほしいから。自分の欲望でしているわけではありません」

暁子がきっぱり言ったので、功太郎は気圧された。

「そうだったね……」

「それで、キスのあとはどうしました？」

「……彼女にきみのようなモテモテの女の子が、どうして俺みたいなオジサンを、と訊いたんだ」

「そうしたら……」

暁子は勃起を握ったままで訊いてくる。

「彼女は……俺と一緒にいると、すごく落ち着く。リラックスできると言った。俺はそれとセックスとは別物だと言った。そうしたら、彼女が俺の指を、あ、あそこに……そうしたら……」

「そうしたら……？」

「あそこは、ヌルヌルで……それで俺はおかしくなってしまった……」

「こんなふうに……？」

暁子が功太郎の手をつかんで、スカートの奥へと導いた。

パンティの基底部を横にずらしたので、指がじかに女の花園に触れた。

愕然として、頭のなかで射精が起こった。

なぜなら、暁子の花肉は昨夜の七海以上にそぼ濡れて、とろっとしたものが指にからみついてきたからだ。

3

(こ、これは……?)

暁子を見ると、

「濡れていますか、わたしも?」

暁子が艶めかしく微笑む。

「ああ……すごく……」

「それで、お義父さまはどうなさったんですか?」

「……あっ、ああ……ええと」

とっさに思い出せない。暁子が女の園をこれほどに濡らしていることが衝撃的すぎて、うわの空になってしまっている。

「……確か、七海がキスをしながら、濡れたあそこを擦りつけてきたので、俺は……その、ついついあそこを指で……そうしたら、彼女はすごく感じて……」

「いやらしい……こうですか？」

暁子はふたたび唇を重ね、濃厚なキスをしつつ、功太郎の手を導いたまま、腰を揺らめかせる。

すると、暁子の濡れた肉襞《にくひだ》の内側がねちねちとからみついてきた。

（ああ、昨夜と同じだ……）

暁子は濡れた溝を擦りつけながら、唇を合わせるばかりか、舌を差し込んでくる。

抵抗できなかった。

（こんなことをしてはいけない……）

卓弥の顔が頭に浮かんだ。

だが、なめらかな舌がからみつき、口腔を這いまわると、息子の顔がフェイドアウトしていき、代わりに、男としての、いや、それを通りすぎた獣染みた思いがせりあがってきた。

中指を立てる。

と、蕩けた粘膜が中指を包み込んできた。そして、暁子が腰をつかうたびに、ぬるり、ぬるりと肉びらの内側がまとわりついてくる。

「ぁああ、あああ、くっ……くっ……」

暁子はキスできなくなったのか唇を離して、喘ぎを押し殺し、

「それから、それから、どうなさったんですか？」

喘ぎながら訊いてくる。

「それから……お互いに服を脱いで、そうして、七海ちゃんが上になって、乳首を吸わせてくれて……」

「わかりました。でも、服は脱げないから、この格好でいいですか？」

暁子が言う。

「あ、ああ……もちろん。誰かが来たら、困るからね」

「七海さんはどうやって？　こう、ですか？」

ソファに仰臥《ぎょうが》した功太郎の口許に、暁子は覆いかぶさるようにして、胸のふくらみを寄せてくる。

（ああ、これは……！）

功太郎は一瞬にしてあふれた生唾をこくっと呑む。

ノースリーブの白いブラウスの胸を、たわわな乳房が押しあげて、肌色が透けでている。しかも、ボタンが上から二つ外れていて、ふくらみが半分ほどものぞき、白いブラウスからは頂上のぽっちりとした突起が、その色とともにくっきりと浮かびあがっているのだ。

「どうなさいました？　いいんですよ」

暁子がやさしく語りかけてくる。

（いいんだ。これはいいんだ……）

功太郎はせまっている胸のふくらみをおずおずとつかむ。すると、ノーブラの乳房が柔らかく沈み込む感触が、薄い生地を通して伝わってきた。

やわやわと揉むと、暁子は、

「んっ……んっ……」

胸を切なげによじる。その仕種《しぐさ》に先を急ぎたくなった。

ふくらみをつかんで、浮き出た突起にキスをする。ブラウス越しに唇を押しつけ、それから、突起を下から上へと舐めあげると、

「あっ……！」

暁子がびくっと震えた。

（ああ、感じてくれている！）

衝撃波が背中を貫き、功太郎はさらにふくらみを鷲づかみにして、いっそうせりだしてきた突起に舌を走らせる。上下、左右に舐めて、かるく吸う。

「ぁあああうぅ……いや、お義父さま……いや、いや……」

暁子が顔をのけぞらせる。

（今、お義父さまと呼んだな……七海ちゃんだったら、そういうことは言わないんだが……）

指摘しようかと思ったが、そんなことをしたら、暁子の気持ちを損ねてしまうだろう。それに、こういう状況で暁子に『お義父さま』と呼ばれることに、ぞくぞくしていた。

顔を離すと、ブラウスが唾液に濡れて肌に張りつき、ピンクの乳首と周囲の乳輪が透けて見えた。

「すごいぞ。乳首がいやらしく透けている」

「ああ、恥ずかしい……そういうことは言わないでください」

「だけど……暁子さんがすると言ったんだからね」

「そうでしたね、すみません……七海さんはお義父さまのことをどう呼ぶのかしら？」

「あまり呼ばれていない気がするけど……菊池さんかな」

「わかりました」

「でも、できれば……その、お義父さまと呼んでほしいんだが……」

暁子は何かを考えているようだったが、やがて、こくんとうなずいた。

功太郎はブラウス越しに乳首を舐め、吸い、そうしてから、もう片方の乳房をブラウスの上から揉みしだく。次は同じようにして、もう一方の乳首をブラウス越しに舐め、反対側の乳房を揉む。

それをつづけるうちに、ブラウスの左右の乳首に触れている箇所が円《まる》くシミになって、そこからピンクの乳首が透けだしてきた。

「ぁああ、ぁあうぅ……」

持ちあがっている暁子の腰がじりっ、じりっと揺れはじめた。

「ブ、ブラウスを脱がせてもいいか？」

じかに触れたくて言う。

「いいですよ。実際にそうなさったんですものね」

そう言う暁子の目はいつの間にか潤んで、とろんとしている。

（ああ、こういう艶めかしい顔をするんだな）

見とれている間にも、

「自分で脱ぎますね」

暁子がブラウスのボタンを外しはじめた。ひとつ、またひとつと外し、ブラウスを肩から脱ぐ。

あらわになった乳房に、瞬《まばた》きさえできなかった。

たわわだが、形も素晴らしい。直線的な上の斜面を下側の充実したふくらみがしっかりと支えていて、やや上を向いた乳首はとても三十過ぎとは思えないコーラルピンクにぬめ光っている。

暁子がソファに手を突いて、覆いかぶさってきた。

功太郎は近づいてきた乳房をおずおずとつかみ、その先を静かに舐めた。今度はじかに触れている。

やはり直接のほうが、はるかにいい。乳首の柔らかさも硬さも、体温までもがはっきりと伝わってくる。そして、功太郎が舌をつかうたびに、

「んっ……んっ……」

と、暁子は洩れそうになる声を押し殺していたが、やがて、

「あっ……ぁあああ、あうぅぅ」

抑えきれない喘ぎをこぼしはじめた。

乳首がいっそうしこって、飛びだしてきた。その乳首を舌で捏《こ》ねるようにしながら、もう片方の乳房を揉みしだく。

「ぁあ、いやっ……恥ずかしいわ。お義父さま、もうやめて……ほんとうに感じてしまう」

暁子が切なげな吐息をこぼす。

「いいんだよ。本気になってほしい……」

思わず本音を洩らしていた。

「いけません。それは、いけま……ぁああうぅぅ」

功太郎が乳首を吸うと、暁子が敏感に反応して、顎をせりあげた。

スカートに包まれた腰が揺れているのがわかる。

功太郎が夢中になって、左右の乳首を吸い、舐め転がすと、

「ああ、いやいや……ぁああ、あうぅ……」

暁子は覆いかぶさるようにしてソファに這い、胸をよじり、腰を振っていたが、やがて、理性を取り戻したのか、

「それから、それから、七海ちゃんはどうしたの？」

息も切れ切れに訊いてくる。

「えっ……もう、いいよ。そっちは」

「いけません。同じことをしないと、原因が究明できません」

暁子がきっぱり言う。

功太郎としてはもういっそのこと、好きなように暁子を愛したかったのだが、そう言われると、従わざるを得ない。

「それから、確か……彼女は俺を愛撫して、それから……あ、あれを舐めてくれたんだ。それでも、なかなかエレクトしなくて、シックスナインをして、彼女がまたがってくれた……でも、硬さが足らなくて……」

昨夜のことを思い出しながら、一気にしゃべった。

すると、それを黙って聞いていた暁子が、身体をおろしていき、甚平の上着の紐をほどいて、脱がせた。

自分で見ても貧弱で、しかも腹の出ている功太郎の上体を、暁子は慈《いつく》しむようにして撫でさすり、胸板にキスをする。

（ああ、暁子さんが俺を……！）

乳首を舌で転がされ、もう片方も指でいじられる。

そうしながら、暁子は甚平の股間を手でなぞり、その裏側に手を入れて、じかにイチモツに触れるので、功太郎の性感は昂りつづける。

暁子が胸板に顔を接したまま言った。

「こんな感じですか？」

「あ、ああ……」

実際は、暁子のほうが達者で、受ける感覚はだいぶ違うのだが、やっていることはほぼ同じに思えた。

だが、それからが違った。

暁子は胸板から横へと顔を移し、功太郎の左手をつかんであげる。そして、露出してしまった腋《わき》の下に、ちゅっ、ちゅっとキスを浴びせてくる。

「あっ、おい……いいよ、そんなことしなくても……」

思わず訴えた。

「七海さんはしなかったんですね」

「ああ、しなかった」

「これは特別サービスですから。くすぐったさを我慢していれば、だんだん気持ち良くなると思います」

そう言って、暁子は腋の下に顔を埋めて、舐めてきた。

あり得ないことだった。功太郎の腋毛はそんなに濃い方ではないものの、白髪が混ざっているし、きっと汗の濃い匂いがするだろう。

（ああ、暁子さんが俺の腋を……！）

にわかに現実だと認めることができなかった。

暁子が垂れ落ちる黒髪をかきあげながら、功太郎の左腋に顔を突っ込み、腋毛の生えた腋窩《えきか》の窪みを一生懸命に舐めている。

仰臥した功太郎をまたぐようにしているので、下を向いたたわわな双乳の三角に尖った先のピンクの乳首が見える。

ちろちろ、ちろちろっと細かく腋窩を舌であやされると、最初はくすぐったかったのに、徐々にぞくぞくっとした快感に変わっていった。

4

暁子は腋の下から、脇腹にかけて舌でなぞるので、功太郎はうねりあがる快感に震えた。

暁子の手が甚平のズボンにかかり、ブリーフとともに引きおろされていく。下腹部があらわになるのを感じて、功太郎はとっさに隠した。

すると、暁子はその手を外して、半勃起状態のイチモツをつかんで、ちゅっ、ちゅっとキスを浴びせてくる。

床にしゃがんで、身を乗り出すようにして、亀頭部にキスをしながら、根元を握ってゆるやかにしごく。

と、まだ頬張られてもいないのに、それが力を漲らせてきた。

（ああ、まただ……！）

さっき、カウンターから暁子の乳房を見てしまったときも、勃起した。

七海を相手にしたときは、あれほど苦労したのに……。

（やはり、俺は暁子さんだと違うのか？　息子の嫁に発情してしまうのか？）

暁子に言われて、功太郎はソファに座って、足を開く。

すると、暁子は肉棹をつかんで腹に押しつけながら、裏筋をツーッ、ツーッと舐めあげてくる。

カーペットにしゃがんで、裏のほうに舌を走らせ、じっと功太郎を見あげてくる。

柔らかくウエーブした前髪の下で、アーモンド形の目が功太郎の様子をうかがうように向けられる。

「気持ちいいよ、すごく……」

言うと、暁子はにこっとして、さらに下のほうに舌を這わせてくる。

(あっ、そこは……!)

睾丸袋をぬるっ、ぬるっと舐めあげられて、功太郎は愕然とする。

「いいよ、そこまでしなくても……」

気持ちとは裏腹のことを口にしていた。

「お義父さまにお元気になっていただきたいから……いやですか?」

「い、いやってことはないよ、もちろん……ただ、暁子さんはその、息子の嫁だからね」

「いいんですよ。嫁がお義父さまに尽くすのは当然です」

そう言って、また暁子は皺《しわ》袋を舐めてくる。

顔を低い位置に持っていき、大きく開いた足の下側から顔をのぞかせるようにして袋に舌を這わせながら、肉棹を握りしごいてくれている。

身体的にも快感だったが、それ以上に、暁子が一生懸命に尽くしてくれるその姿勢に感動してしまう。

暁子はまた裏筋を舐めあげ、そのまま上から唇をかぶせてきた。

「ぁあああ……気持ちいいぞ」

思わず言うと、暁子はちらりと見あげて、にこっとし、ゆっくりと顔を打ち振る。

暁子の唇は柔らかくて、豊かで、乳首と同じコーラルピンクにぬめっている。

それに、唇の締めつけ具合がちょうどいい。

暁子は根元を握っていた指を離して、根元まで唇をすべらせる。

「ぉおお……！」

唸っていた。湿った温かい口腔にすっぽりと分身を包み込まれると、充足感があって、ずっとこうしていてほしくなる。

柔らかな唇が動きだした。

ゆっくりと上下にすべっていく。それだけで快感がうねりあがってきて、イチモツに力が漲ってくるのを感じる。

暁子が吐き出して、言った。

「お義父さまの、硬くて大きいわ……」

「ああ……不思議なんだ。あなたにしてもらうと、カチカチになる……こうはならなかったのに」

「ふふっ、もしかして、お義父さま、わたしを好きなんじゃないですか？」

暁子がふっと口角をゆるめた。

「あ、ああ……だけど、暁子さんは息子の嫁だからね。たとえそうでも、言えないよ」

「わたしはお義父さまのこと、ずっと好きですよ。この家に入ったときから、ステキな方だと……」

「そういう意味では俺だってそうだよ。暁子さんは素晴らしい人だし、好きだよ。だけど、男と女になると……」

「そうですね。これはあくまでも、お義父さまに自信をつけてもらうためにしていることですから」

「そうだよな……ぁああ、くうぅ」

暁子に根元を握りしごかれ、同時に亀頭冠を唇で往復されると、ジーンとした熱いものが急激にふくれあがった。

「ああ、ストップ！」

動きを止めさせる。射精しそうになったのだ。

「どうなさったの？」

暁子が顔をあげて訊いてくる。

「出そうになった……」

「すごいわ。お義父さま、自信をお持ちになってくださいな。ここ、すごくお元気ですもの」

そう言って、暁子が唾液でぬめる肉棹を握りしごく。

「ここから、シックスナインに移るんでしたね？」

「ああ……してくれるのか？」

「はい、もちろん。時間はまだまだありますから」

暁子がちらりと壁掛け時計を見た。まだ午後九時前である。卓弥が帰宅するのは深夜だから、大丈夫だ。

そのとき、ちょうど向かいにある収納棚に立てかけてあった、暁子と卓弥のツーショットの写真が目に飛び込んできた。

(なんでよりによって、このタイミングで！)

その写真立てを呪った。しかし、きっとこれは神様が警告を発しているのに違いない。

「ま、待ってくれ」

思わず言うと、スカートに手をかけていた暁子がエッという顔をした。

「やはり、ダメだ。あなたは息子の嫁さんなんだ。こんなことをしたら、卓弥に顔を合わせられなくなる」

「……卓弥さんはいいんですよ」

「えっ……？」

功太郎には暁子の言葉の意味がわからない。

「卓弥さん、じつは余所《よそ》に女がいるんです」

言葉を失った。まさか……。

「今夜も接待だと言っていますが、接待するのは浮気相手なんですよ」

「だけど……暁子さんの勘違いじゃないのか？」

暁子は首を左右に振って、言った。

「三カ月ほど前にできたようです。相手は部下の若いＯＬです。メールを見たから事実なんですよ。年上のわたしには頭があがらないけど、若い子なら上に立って、好きなことをできるでしょ？　そういうことみたいですよ」

「ほんとうなんだろうな？」

「はい……事実です。お義父さまは認めたくないでしょうけど……」

暁子がうつむいた。

暁子の言っていることはおそらく事実だろう。暁子がこんなことでウソをつくはずがない。それに、確かに卓弥はこのところやけに出張が多かったし、帰りも遅かった。

（そうか、それで、暁子さんはこんなことを……！）

暁子が自分に性の手ほどきをしてくれている理由がわかったような気がした。

「だから、お義父さまは卓弥さんに気兼ねをする必要はないんです……それとも、もうやめますか？」

暁子が言う。

功太郎は首を横に振った。

それを見て、暁子はにっこりして、スカートをパンティとともにおろしていく。

初めて目にする暁子の一糸まとわぬ姿に、功太郎は圧倒された。その見事な裸身は功太郎が抱いている罪悪感を吹き飛ばすほどに素晴らしかった。

肌はきめ細かく色白で、身長は百六十五センチと女性にしては背が高く、伸びやかな肢体だが、それゆえに、自分でEカップだと言っていたバストのたわわさが強調されていた。しかもウエストはほどよく締まっているのに、そこから急峻な角度でふくらんでいくヒップは健康美にあふれている。

三十路《みそじ》を過ぎた女性のむちむち感もあって、まさに今が盛りの女体だった。

功太郎が大型ソファに仰臥すると、暁子はコーラルピンクの乳首と台形に繁茂した陰毛を隠し、

「やっぱり、恥ずかしいわ」

身をよじりながらも、ソファにあがった。それから、尻を向ける形でまたがってくる。

（おおぅ、すごい……！）

お尻を隠していた手が外れて、目の前にヒップとその底で息づく肉の花芯が現れた。

光沢のある陶磁器のようなつるっとした尻たぶにリビングの明かりが反射し、その底の女の花弁はわずかに口を開いていた。

（ああ、これが暁子さんの……！）

功太郎は息もできないような昂奮に押しあげられる。

これは、見てはいけないものなのだ。

義父が息子の嫁のオマ×コなど、絶対に見てはダメだ——。

そう心のなかで警鐘が響く。しかし、これは功太郎がひそかに見たい、触れたいと

願っていたものでもあった。

それでも、触るのをためらっていると、下腹部のイチモツが温かい口腔に包まれた。

そして、柔らかな唇が勃起の表面をゆっくりとすべっていく。

「おおぅ、ぁあああ……！」

功太郎は自分でもみっともないと思うほど声を洩らしていた。

気持ち良すぎた。分身が蕩けながら、満ちていくようだ。

ぴっちりと締めた唇で、ずりゅっ、ずりゅっとしごかれると、ジーンとした快感がうねりあがってきて、それに身を任せたくなる。

だが——。これはシックスナインである。

功太郎は自分を叱咤して、目の前の濡れ溝に舌を走らせる。

ぬるっ、ぬるっと舌がすべって、ふっくらしているが均整の取れた陰唇が左右にひろがり、鮮やかなサーモンピンクの粘膜がぬっと現れた。

そこはすでにあふれだした蜜で奥のほうまで、襞のひとつひとつまで濡れそぼっていて、狭間に舌を届かせると、

「んっ……んっ……！」

暁子は肉棹を頬張ったまま、びくん、びくんと震える。

だろう。

やはり、敏感だ。暁子は三十二歳の女盛り、肉体も熟れ頃で性感が花開いているのだろう。

たまらなくなって、功太郎は左右の尻たぶをつかんで、ぐいと開く。すると、肉びらもひろがって、内部の赤い粘膜がさらにあらわになる。

「ああ、いやです、お義父さま……」

暁子が肉棹を吐き出して、くなっと腰をよじった。

「ゴメン……だけど、あなたがシックスナインをと……」

「わかっています。でも、ああ、いやだわ……お義父さまに恥ずかしいところを見られて」

「大丈夫だよ。暁子さんのここはすごくきれいだよ。ぷっくりして肉厚で、でも、優美だよ。そそられてしまう」

内側に舌を走らせ、下のほうでそれとわかるほどに突出している肉芽を舐める。

皮の帽子をかぶったクリトリスをちろちろと舌であやすと、

「ぁああ……いけません。お義父さま、そこはダメっ……ぁあああ、ぁあああああ、いや、いやっ……あうぅぅ」

暁子はそう訴えながら、下腹部を上下に揺らす。

それが、いやがっているのか、それとも、もっと欲しがっているのか、どちらかわからない。

しかし、本心からいやがっているようには見えない。その証拠に、暁子はふたたび勃起を頬張って、湧きあがるものをぶつけるようにして、情熱的に唇をスライドさせる。

こうなると、功太郎としてももっと感じさせたくなる。

昨晩はひさしぶりで戸惑いが大きかったが、今夜は一度経験して、少しは余裕が出てきている。

ふくらんで本体が顔を出している陰核を舌で刺激しながら、船底形の割れ目の上方に口をのぞかせている膣口を指先でかるくノックするように叩く。

すると、チャ、チャ、チャッと粘着音がして、膣口に滲んでいた粘液が糸を引く。

「んっ……んっ……！」

暁子の尻がびく、びくっと震えだした。

ここぞとばかりにクリトリスを素早く舐めると、腰の痙攣がはじまり、暁子はそれでも懸命に顔を打ち振っていたが、やがて、動きが止まり、ついにはただ咥えるだけになった。

功太郎が膣口を指でノックし、陰核を舌であやしつづけると、

「ぁあああ、ダメっ……」

暁子は咥えることさえできなくなったのか、ちゅるっと吐き出して、顔をのけぞらせる。

功太郎がなおも膣口と陰核を攻めつづけると、

「ぁああ、お義父さま……これが欲しい。お義父さまのこれが欲しい。入れてくださ い」

暁子がさしせまった様子で言いながら、肉棹を握りしごく。

功太郎の分身は自分でも誇らしいと思うほどに、ギンとそそりたっていた。

「いいぞ。入れてくれ……今だ。早く頼む！」

思わずそう答えていた。

どうにかして、昨夜できなかった挿入を果たしたかった。

もちろん罪悪感はある。こんなことはしてはいけないことなのだ。しかし、卓弥が浮気をして、暁子を放っておくからいけないのだ。

それに、これはあくまでも性の手ほどきの一環なのだから、と自分を言いくるめる。

暁子はいったん腰を浮かし、くるりと身体の向きを変えて、向かい合う形でまた

がってきた。蹲踞の姿勢で功太郎の勃起をつかみ、M字に開いた太腿の奥にそれをなすりつける。

(俺はとうとう、暁子さんと……！)

柔らかく波打つ髪が垂れて、肩や乳房にかかっている。暁子はギンとしたイチモツの頭部を裂唇になすりつけながら、「ぁああ、ぁああ」と気持ち良さそうに声をあげ、目を瞑《つむ》る。

「暁子さん、頼む……早く……！」

言うと、暁子が功太郎を正面から見つめながら、沈み込んできた。

次の瞬間、いきりたつものが女の熱い祠《ほこら》を刺し貫いていく確かな感触があって、

「ぁああああぅ……！」

暁子が喘いで、顔をのけぞらせた。

M字に開かれた長い太腿の奥を見ると、功太郎のイチモツが濃い翳《かげ》りの底に嵌まり込んでいた。それを深々と割っているのだ。

歓喜が込みあげてきた。

分身を包み込んでくる膣のなかは温かく、蕩けていて、しかも、まだ入れただけなのに粘膜がうごめくようにしてからみついてくる。

（ああ、これだった……！）

功太郎はもたらされる快感を、奥歯を食いしばって、こらえた。

女体と繋《つな》がったのはいつ以来だろう？　自分はまだセックスできるのだ。女体を貫くことができるのだ。

「お義父さま……できましたね？」

暁子が上から功太郎をにこにこして見た。

「ああ、できたよ。暁子さんのお蔭だ」

「これで、七海さんとも自信を持っておできになりますね？」

「あ、ああ……」

いや、それよりも自分は暁子と繋がることができた。それだけで充分だ——、そんな心の声は口には出さないでおいた。

「動いて、いいですか？」

「ああ、もちろん……中折れするかもしれないけど」

「そういう気配はありませんよ。お義父さまの、すごくお元気で硬いわ……ぁあああ、ぁあああうぅぅ」

暁子は両膝をぺたんとソファに突いて、腰から上を打ち振る。

包容力に富んだ膣肉が素晴らしい収縮力でいきりたちを締めつけながら、前後に揺れるので、根元が締めつけられ、先のほうが扁桃腺のような奥のふくらみを捏ねて、快感がうねりあがってきた。

それをぐっと奥歯を食いしばってこらえていると、暁子は膝を立てて、両手を前に突いて、腰を上下に振りはじめた。

ぎりぎりまで持ちあげられた腰がストンッと落ちて、落ちきったところで、前後に揺れる。

「くうぅ……悪い。刺激が強すぎる。出してしまいそうだ」

思わず訴えると、

「すみません……わたし、自分のことばかり……」

「いいんだ。俺がひさしぶりだから……」

暁子は今度は両手を後ろに突いて、足を開き、上体を反らせる。その姿勢で、ゆっくりと慎重に腰をつかってくれる。

加減してくれているのだろうが、目に飛び込んでくる光景が刺激的すぎた。

反りかえった上体にはたわわで煽情的な乳房が揺れていて、ピンクの乳首がせりだしている。そして、M字に開いた長い太腿の奥、台形の翳りの底にには功太郎の分身だ深々と嵌まり込んでいて、蜜にまみれた肉柱が出たり、入ったりしている姿がまともに見える。

しかも、しかも、相手は暁子なのだ。息子の嫁なのだ。

「ぁああ、いいの、いいの……お義父さまのがぐりぐりしてくる。ぁああ、恥ずかしいわ……でも、気持ちいいの……ぁあああ」

喘ぐように言って、暁子は腰をくねらせる。

後ろに引いた腰をぐっと前に放り投げるようにして、途中からくいっとしゃくりあげる。

そのたびに、功太郎の分身は揉み抜かれて、一気に高まってしまう。

「ちょ、ちょっと……！」

功太郎はあわてて腰の動きを止めさせて、持ちあげた首を横に振る。

「どうなさいました？」

「あなたの腰が動きすぎて、出てしまいそうなんだ……加減してくれと言ったはずなんだが」

「ゴメンなさい……では、お義父さまがご自分で動いてください。それなら……」

「ああ、そうだな。そうしてみよう」

言うと、暁子がいったん上体を立て、それから、前に倒れて抱きついてくる。

「これなら、ご自分で突けますね？」

「ああ、何とかなりそうだ」

暁子が功太郎の顔を両手で挟み付けるようにして、顔を寄せてきた。

あっと思ったときはキスされていた。

ふっくらとしてぬめる唇が重ねられて、喘ぐような温かい息づかいとともに、唇を舐められる。

功太郎も口を開いて、おずおずと舌を差し出す。すると、なめらかな女の舌がからみついてきて、陶然となる。

暁子はとてもキスが上手だ。やはり、功太郎がつきあってきた頃の女性と較べて、最近の女性はキスをする機会が多いから、上手くなるのだろう。

閉じていた目を開くと、至近距離に暁子の見開かれた目があった。

暁子はキスをしながら、功太郎の様子をうかがっていたのだろう。

これではどちらが男かわからないが、暁子のきらきらして、微笑むような目がとても魅力的だった。

功太郎は手を暁子の背中と腰にまわして引き寄せながら、腰をつかう。

しばらくしていなかったから、腰も錆《さ》びついているかと思ったが、いざ突きあげると、意外とスムーズにできた。

下から撥ねあげると、暁子の腰が浮き、ソファが軋んだ。スプリングが効いていて、動きやすい。

暁子は長い髪を垂らして、上から功太郎を見ていたが、突きあげるうちに、その目がふっと閉じられて、

「あんっ、あんっ、あんっ……」

かわいらしい喘ぎ声がこぼれでた。

（ああ、こんな愛らしい声を出すんだな）

つづけざまに突きあげると、屹立が斜め上方に向かって膣内を擦りあげていき、功太郎も一気に昂ってしまう。

「暁子さん、気持ちいいか？」

訊くと、

「はい……気持ちいい……お義父さまのこれ、すごく気持ちいい……ぁああ、お義父さま……」

暁子が上からキスをしてきた。貪るように唇を重ねながら、功太郎の髪を撫でさす

る。

（ああ、こんな情熱的なところがあったんだな）

功太郎もいっそうその気になって、ぐいぐいと下から撥ねあげる。

「んっ……んっ……んっ……」

暁子はくぐもった声を洩らしていたが、キスをしていられなくなったのか顔をあげて、

「ぁああ、あああ……いいの。いい……お義父さま、イクわ。イッちゃう！」

すっきりした眉を八の字に折って、さしせまった様子で訴えてくる。

「いいぞ、イッて……俺も、俺も出す！」

「ああ、ください……大丈夫ですから。今日は大丈夫な日ですから……ぁああ、ああああああ、すごい、すごい……恥ずかしいわ。恥ずかしい……もう、もう我慢できない……イキます。お義父さま、イクっ！」

暁子がのけぞりかえったのを見て、功太郎はグーンと力強く腰を突きだした。

「ぁあああ……くっ……！」

暁子が顔を撥ねあげて、がく、がくんと震えた。

次の瞬間、熱いものが込みあげてきて、功太郎も放っていた。

熱いと感じるほどの男液がしぶいていく。

女体のなかに放つのはいつ以来だろう?

精液ばかりか魂までもが抜けだしていくようだ。

脳天が痺れて、腰が勝手に躍っている。

すべて打ち尽くすと、功太郎は精根尽き果てて、ぐったりとベッドの上で大の字になった。

第三章　よみがえる淫情

1

会社で事務仕事をこなしていたとき、どうも宇川幸男《うがわゆきお》の、七海への態度がおかしいことに気づいた。

宇川が細かいところで、七海に食ってかかったり、必要以上に厳しくあたり、七海が救いを求めるような目を功太郎に向ける。

（ははん、七海が言い寄られていたのは、宇川だったに違いない）

宇川は三十歳でこの会社では中堅で、課長を任されている。

だが、やたら細かく、怒りっぽくて、あまり人望はない。私生活では独身で、恋人もおらず、宇川が恋人募集中であることはわかっていた。

その宇川が、愛らしくて嫌みのない部下の七海に恋心を抱いてしまったのも、ある意味自然だったのかもしれない。

交際を申し込んで、『結婚を考えて、真剣におつきあいしている人がいる』とやんわり断られたら、普通は諦めるものだ。だが、宇川は逆切れして恨んでいるのだろう。

(困ったな。俺にも責任がある。宇川を何とかしないとな)

その日、一日中考えて、会社を終えてから、宇川を呑みに連れだした。

居酒屋にしぶしぶついてきた宇川に、酒を勧めながら、

「最近、真下さんに厳しすぎないか。見ていて、目に余るよ。何かあったのか？」

冷静に訊ねた。と、いきなり、宇川の態度が変わった。

「そんなこと、関係ないでしょ。嘱託のあなたに言われる筋合いはありません」

「まあ確かにそうだな……よし、今日はもう何も言わないから、好きなだけ呑みなさい。俺のオゴリだ」

「あなたにオゴッてもらう謂《いわ》れはないんだけどな」

ぶつくさ文句を言いながらも、宇川は酒好きと見えて、よく呑んだ。そして、酔うにつれて口がかるくなった。

「じつは真下くんに交際を申し込んで、ゴメンなさいされたんですよ。彼女には結婚

を考えている相手がいるらしいです。真剣につきあってる男がいるって……けんもほろろに断られましたよ」

宇川がついに、七海の件を告白した。

「ううむ、それだったら諦めるしかないじゃないか」

「わかっているんです。でも、許せないんですよ。彼女に男がいることが」

宇川がぎゅっとジョッキの取っ手を握りしめた。

「そうか。よほど彼女が好きなんだな」

「好きですよ。結婚したいですよ」

宇川がぐびっと生ビールを呑む、これはやはりかなりの重症と見ていいだろう。だんだん可哀相になってきた。こういうときは……。

「どうだ、これからキャバクラ、行かないか？」

明るく誘ってみる。

「えっ、キャバですか？　いやですよ」

「前の会社の行きつけの店でね。ここは、じつにかわいい子が多いんだ。七海ちゃんよりかわいい子もいるぞ」

「ほんとうですか？」

宇川の目の色が変わった。

「ああ、保証する。店の金は俺が持ってやるよ。ただし、アフター以降は、お前が持てよ」

途中から明らかに乗り気になっていた宇川だが、表面的にはしぶしぶを装って、席を立った。

女性の質が高いことに定評のあるキャバクラに連れていくと、猫をかぶっていたのか、宇川は最初静かだった。

ところが、途中から席についた、あかりという子がもろにタイプだったようで、急に元気よく、饒舌《じょうぜつ》になって、自己アピールを猛烈にしだした。

(意外とシンプルなんだな……)

功太郎は男まる出しの宇川をかわいいやつ、と感じた。

あかりは二十一歳の新人さんだが、顔つきがどことなく七海に似ているし、オッパイはおそらく七海より大きいだろう。それに、ミニスカートからはすらりとしているが、太腿はむっちりとした足が際どいところまで見えている。おまけに、舌足らずの喋り方で、宇川の自慢話に「ああ、そうなんですか？　スゴーい」とかわいく拍手をする。

功太郎は、そのマニュアル通りの対応が鼻についていて、今ひとつ好きになれないが、宇川はあかりが気に入ったらしく、功太郎のことなどそっちのけで、あかりを口説いている。

（よしよし、いいぞ。この調子であかりちゃんに惚れてくれれば、七海のことなど忘れてしまうだろう……）

時間を過ぎて席を立とうとすると、宇川がもう少し店にいたいと言う。どうやら、あかりとのアフターを狙っているようだ。

「じゃあ、これまでの分は出しておくから、あとはお前が出すんだぞ」

そう言って、宇川の耳元で、

「あかりちゃん、かわいいじゃないか。七海ちゃんより上だよ。それに、お前に気があるみたいだしな。何とか落とせるんじゃないか。頑張れよ」

そう励ましてぽんと尻を叩き、功太郎は先に帰ったのだった。

そして翌日、会社に出て、宇川の晴々とした表情を目にしたとき、ああ、上手くいったんだなとわかった。

今日の宇川は七海につらくあたるどころか、逆にやさしい。七海が何があったのかしらという顔で功太郎を見た。功太郎はうなずく。

功太郎が宇川に、「どうだった？」と訊くと、あかりとはすごく気が合って、上手くいきそうだと言う。

「もう少し通えば、できそうなんです。彼女、すごくタイプでどんぴしゃなんです。頑張りますよ、俺。先輩、ありがとうございました」

宇川は功太郎の手を両手で握り、ぎゅっと力を入れた。

2

その日、会社を終えて帰ろうとすると、七海が待っていて、

「一緒にビアガーデンに行きませんか」

と、にこにこして誘ってくる。ビアガーデンは今日は特別サービス期間で、生ビールが一杯サービスになるらしいのだ。

「それはお得だね。よし、行こう！」

功太郎も賛成して、駅前ビルの屋上にあるビアガーデンに行った。

すでに夏も終わろうとしていたが、サービス期間であり、今日は猛暑日だったせいもあるのか、ビアガーデンは混んでいた。

席に着いて、生ビールと枝豆が届いたところで乾杯をする。

七海はジャケットを脱ぎ、ノースリーブのタイトフィットなニットを着ているので、そのニットを押しあげる抜群に豊かな胸にどうしても視線が引き寄せられてしまう。

ジョッキを傾けて、ごくごくっと豪快に呑んだ七海が、

「ぷは……っ」

と、まるでオヤジのようにオーバーに声をあげ、ジョッキを円形テーブルに置いた。

二人の席は給水塔の裏で、他の客席からはちょっと離れたところにあるので、七海も自由にしている。

「あはは、随分とかわいいオヤジだね……ほら、口に白い泡がついてるよ」

言うと、七海が口の泡を手の甲で拭いた。

その仕種がチャーミングすぎた。

「あの、宇川さんの件、ありがとうございます。菊池さんが何かしてくれたんですよね？」

七海がくりっとした目を向けてくる。

「ああ、いくら何でも目に余ったからね。まあ、俺の責任もあるし……昨日、呑み屋に連れていって、話を聞き、それから、キャバクラに連れていったら、好みのキャバ

嬢がいたみたいでね。今はその彼女に夢中みたいだね、作戦が当たったよ。このままいけば、もうきみに逆切れすることも、ストーカーになることもないと思うよ」

「ありがとうございます。わたし、最近、出社するのがつらかったんです。でも……菊池さんのお蔭です。ありがとうございました」

七海がぺこりと頭をさげる。マッシュルームみたいなショートヘアがわずかに揺れて、お辞儀をした姿がとてもいい。

「いいよ、いいよ……そんなことしなくても。今日は呑もう。だけど、この前みたいな泥酔は勘弁だぞ」

「はい。節度を持って呑みます」

と答えたものの、七海は基本的に呑んべえなのだろう。どんどんジョッキが進んで、目の縁《ふち》が赤くなり、目も据わって明らかな酔いの兆候を見せはじめた。

七海はふいに立ちあがって、屋上を取り囲むフェンスまで歩いた。

「ああん、気持ちいい」

外に向かって伸びをする。

功太郎もそばに行く。ビルの屋上を吹き抜けていく風が爽快だった。周囲のビルや遠くの東京タワーが今夜はやけにきれいに見えた。

「気持ちいいねえ」

隣で都会の夜を眺めて言ったとき、いきなり、七海に抱きつかれていた。

「おい、ちょっと……見られたらマズいよ」

周囲を見まわしたとき、口をぷるるんとした唇でふさがれていた。

（……！）

ここは給水塔の裏の特等席だから、二人を見ている客はいない。だが、もしも会社の関係者に見つかったら、ほんとうに困る。いや、自分のダメージは大したことはないが、七海の受けるダメージは計り知れない。

唇を引き剝がして、会社の関係者に目撃されたら、マズいことを告げると、

「じゃあ、席に着こ」

七海が明るく言うので、功太郎は丸テーブルの席に座った。すると、向かいの席にいた七海の姿が徐々に消えていく。

テーブルの下に潜ったので、覗き込むと、七海が防水加工の施された床を這ってくるところだった。

（んっ……？）

七海は近づいてくると、功太郎のズボンの股間をそろり、そろりと撫ではじめた。

「おい、マズいよ」

「大丈夫ですよ。テーブルの下は見えないです」

「いや、だけどね……」

「あら、あらら！」

七海の声が裏返った。

「大きくなってるわ。菊池さんのここが、硬くなりつつあります」

七海は、完全勃起した功太郎のイチモツを触ったことがない。

「どうしてですか？」

「……今日は、その、調子がいいんじゃないかな」

おそらく、暁子のプライベートレッスンで愚息が調子を取り戻したのだ。だが息子の嫁のお蔭だなど、口が裂けても言えない。

「やっぱり、日によってこれの調子の良し悪しってあるんですか？」

「たぶんね」

「スゴーい。カチカチだわ。こんなになるんですね」

七海がうれしそうに言って、頬擦りしてきた。

にわかには現実だとは思えなかった。ビアガーデンのテーブルの下で股間に頬擦りされているのだ。しかも、相手は三十六歳も年下で、会社のＯＬときている。

功太郎がきょろきょろ見まわしている間にも、七海がベルトをゆるめて、ブリーフとともに膝まで引きおろした。

（あっ……！）

思わず手で股間を隠した。が、その手はすぐに、引き剝がされていく。

イチモツが屋上の生温かいながらも、ひんやりとした空気にさらされる。

次の瞬間、湿った口腔とぷっくりとした唇に包み込まれて、それがぐんと頭を擡《もた》げてきた。

勃起したものを、七海が頰張り、静かに頭を振りはじめた。

「おおぅ、くっ……くっ」

功太郎は洩れそうになる声を必死にこらえる。

信じられなかった。ビアガーデンでフェラチオされているのだ。

七海はちゅるっと吐き出して、唾液まみれの肉柱を握ってしごきながら、

「うれしいわ。こんなになってもらって」

テーブルの下から見あげてくる。大きな目がきらきら光って、潤んでいる。

「ああ、この前は調子悪くて申し訳なかったね」

「いいんですよ、関係ないです……ああ、カチカチだわ。ビアガーデンでこんなに硬くできるなんて、すごすぎます」

うれしそうに言って、七海は顔を寄せ、亀頭部に舌を走らせる。

下半身剝《む》きだしの功太郎のジャングルからいきりたつ肉の柱を握り、しごきながら、亀頭冠にぐるっと舌を這わせる。

テーブルの下から時々、ちらっ、ちらっと功太郎を見あげ、長い睫毛《まつげ》を瞬かせる。

今度は、ずりゅ、ずりゅっと大きく唇をすべらせて、情熱的に攻めてくる。

さすがに、この大胆フェラチオは気持ち良すぎた。

「ダメだ、出てしまうよ」

思わず訴えると、ちゅるっと吐き出した七海が言う。

「いいですよ、出してもらっても」

「いや、それはダメだよ」

「じゃあ、今から休めるところに行ってもらえますか？」

迷ったが、暁子から、きちんと挿入できることを示したほうがいいし、お義父《とう》さまのほうから誘うべきだと言われていたことを思い出した。

「きみが、いいなら……」

「わたしは行きたいです」

七海はズボンとブリーフをあげてくれて、後ろにさがっていき、反対側から顔を出した。

3

二人はビアガーデンから歩いて十分の、ラブホテルに来ていた。

七海が近くがいいと言うので、ここにしたのである。

現代的な外観のホテルだったが、室内は、これぞまさにラブホテルという感じの内装で、大きなベッドが占め、天井と壁の一部が鏡張りだった。

そこの広々としたバスルームの浴槽に二人は浸かっていた。七色の虹の色に変わるレインボージェットバスで、二人の間にぼこぼことお湯が泡立ち、色が変化している。

正面の七海はたわわな釣鐘型のオッパイを乳首までのぞかせながら、足を伸ばして、功太郎の股間を足指でいじってくる。

手の指よりも足の指のほうが、太くて短い。だが、七海はとても器用で、親指と人差し指でイチモツを挟んで、擦ってくる。これがとてもいい感じなのだ。

足コキの快感に酔っていると、

「オシッコしたくなっちゃった。ビールをいっぱい呑んだから……恥ずかしいから、見ないでくださいね」

そう言って、七海が浴槽を出た。そして、同じ部屋にある洋式便器に腰をおろす。

(若い女の子がオシッコをするのを見るのも、なかなかいいな)

見るなと言うほうが無理だ。大きな横パイに見とれていると、七海が言った。

「こっちに来てください」

何だろうと浴槽を出て、近づいていく。

「前に立ってください」

「こ、こうか……?」

便座の正面に立つと、七海がぐっと上体を寄せてきた。そして、いきりたちを握ってしごき、

「咥えさせてください」

「えっ……?」

「咥えさせてください」

「いいけど、オシッコをするんじゃなかったの?」

「ふふ……それもします。咥えながら」

つぶらな瞳で見あげて言って、七海が唇をかぶせてきた。

一気に奥まで頬張り、ゆったりと顔を打ち振りながら、功太郎の腰をつかんで引き寄せる。

功太郎は驚きながらも、昂奮した。便器に座った女性にフェラチオされるなど、もちろん初めてだ。

「おおぅ、気持ちいいよ」

思わず訴えると、なぜか口の動きが止まった。その直後、放尿音と小水が水たまりを打つ音が聞こえてきた。それは、徐々に強くなる。

「オシッコ、してるんだね？」

七海がうなずいた。

「咥えながら、オシッコすると、気持ちいいんだね？」

七海は頬張ったまま、こくこくとうなずく。

そして、ポチャ、ポチャと小水が水たまりを打つ音をさせながらも、七海はどこか恍惚《こうこつ》とした表情を浮かべているのだ。

（ほんとうに気持ち良さそうだな）

セックスの愉しみ方は多様だと感じる。先日は、暁子と七海とのセックスを再現しながら二人で激しく昇りつめた。今日は、ビアガーデン開催中の屋上でフェラチオさせて、すごく感じた。そして今も、小水をしている七海にフェラチオさせながら、自分も七海も昂っている。

(どうしてそれに早く気づかなかったのだろう？　いや、まだ遅くはないんじゃないか？)

排尿音がやむと、匂うのを嫌ったのだろう、七海は溜まった小水を水で流した。それでもまだ頬張りつづけ、功太郎のイチモツをまるでアイスバーでもしゃぶるように丁寧に舐めてくれるのだ。

七海がいったん吐き出して、唾液まみれのイチモツを握りしごきながら言った。

「あの、イラマチオしていただけませんか？」

「えっ……？　イラマチオって？」

意味がわからなくて、功太郎は訊いた。

七海が、いやがる女性相手に強制的にフェラチオをすることだと説明してくれた。

「でも、きみはいやがってないだろ？」

「はい……でも、頭を押さえつけて、喉まで突っ込めば、女の子は苦しくなってジタバタします。それでも怯まずに、奥に差し込んでください」

「そんなことがいいの？」

「はい……」

「わかった。自信はないけど、やってみるよ」

功太郎はいきりたちを口に押し込み、動けないように七海の頭を押さえつけた。それから、ゆっくりと慎重に腰をつかう。

今は完全勃起して表面に血管が浮き出たイチモツが、七海の小さな口を犯していく。ぷっくりとしているが柔らかな唇の間を、怒張が行き来し、唾液があふれでる。

そして、七海は苦しげに眉を八の字に折りながらも、決していやがらずに頬張りつづけていた。

便座に座り、やや上を向きながらも、目をぎゅっと閉じて、どこか陶酔しているような顔をする。その顔を見ているうちに功太郎も何か強い欲望が込みあげてきて、思わず強く、深く、打ち込んでいた。

「うぐ。うぐぐっ……」

喉を突かれて、えずきながらも七海は頬張りつづける。

行き来させるたびに、唾液がすくいだされて、口角からとろっと垂れ落ちる。

(これは……？)

確かに昂奮する。自分が女を支配している気がするし、七海が可哀相で、しかし、それゆえに昂りを感じるところがあった。

それは、人生でほぼ初めて体験することだった。

ついつい力が入った。ぐいと打ち込んだとき、

「うぐっ……！」

喉奥を突かれたのだろう、七海が怒張を吐き出して、噎《む》せながら息を弾ませる。

「悪かったね、大丈夫だった？」

心配になって訊くと、七海はうなずいて、功太郎を見た。その目がうっすらと涙ぐんでいた。

4

大きなベッドに仰臥した功太郎に折り重なるようにして、七海が愛撫してくれている。功太郎は上を向いているので、自分の顔と七海の背中や尻が天井のミラーに映っている。

（ううむ、これはすごい！）

日常ではまずお目にかかることのできない光景だった。

若い頃にラブホテルを使ったことはあるが、もう随分前のことであり、ほとんど記憶にない。

（そうか、こんなにいやらしい構造だったのか）

七海は胸板にキスをしながら、手で撫でさすっている。持ちあがったヒップがぷりんとして愛らしく、尻たぶの割れ目までもが、天井の鏡にはっきりと映っていた。

七海は乳首を舐め転がしながら、手をおろしていき、下腹部のイチモツに触れてくる。それは半分ほど勃起しているが、このほうが長持ちしそうだった。

この段階でいきりたっていたら、いざというときまでに疲れてしまう。エレクトさせつづけるのには、体力と精力が大いに必要とされる。

もっとも、相手が暁子の場合は、不肖のムスコは勃起しつづけるのだが。

七海はおそらくおチンチンが好きなのだろう。

胸板をかわいらしく愛撫しながら、肉の棹を握って、きゅっ、きゅっとしごいてくるので、いよいよギンとしてきた。

だが、功太郎としては挿入の前に、七海のオッパイを味わいたい。この若いのに、たわわすぎる女だけが有する天からの授かりものをじっくりと味わいたい。

「ゴメン。ちょっと上にならせてくれないか？」

「え？　いいですよ、もちろん」

そう言って、七海が仰向けに寝る。

小柄だが、出るべきところは出ている素晴らしい肉体である。とくに色が白く、肌はすべすべだ。

「ふふ、わたしがミラーに映ってる。恥ずかしいわ……」

七海が天井を見て、照れ笑いをした。

「でも、女性は鏡に慣れてるよね。毎日、お化粧するわけだし」

「そうですね、男と較べれば……でも、これはやっぱり恥ずかしいわ。ウエスト、太いし……」

七海が脇腹のわずかな贅肉をきゅっとつかんだ。

「そうかな？　男は多少ふっくらした身体の方が好きだと思うよ」

「菊池さんもですか？」

「ああ、歳をとると、とくにね……女性の柔らかなお肉のありがたみがわかってくるんだよ」

「へんなの……」

「へんじゃないよ。それにしても、すごいオッパイだね。顔を埋めていい？」

七海がうなずいたので、功太郎はふくらみに顔を寄せる。

釣鐘型で青い血管が縦横に走り、大き目の乳輪からせりだしている乳首は透きとおるようなピンクだ。

静かに顔面を押しつけ、右に左に揺すると、柔らかい肉層が沈み込みながら揺れ動いて、そのソフトな感触がこの世のものとは思えないほど気持ちいい。

功太郎はたわわな乳房を両側からつかみ、中央に寄せ、その狭間に顔を埋めた。ぐりぐりすると、双乳がたわみ、まったりと口許にまとわりついてくる。

「ああん、菊池さん、子供みたい」

「そうだよ。オッパイの前では、どんな大人でも赤ん坊になるんだ」

胸の谷間で言う。それから、乳首にしゃぶりついた。

あんぐと突起を頬張り、うぐうぐと吸う。赤ちゃんに戻ったつもりで吸いつき、乳房をやわやわと揉み込む。と、七海の様子が変わった。

「ああん……ああん、赤ちゃんはそんなにいやらしく舌をつかわないでしょ？　ああ、コラッ……ダメだったら……ああん、うぅ、んっ……ああん、ダメ……ぁああああ、ぁあああああ」

七海が顔をのけぞらせた。感じているのだろう。乳首がカチカチにしこってきた。

やはり、ずっと赤ちゃんのまま、乳首を吸うなど無理だった。

舌を横に揺らし、さらに縦に舐める。指でくびりだした突起を、舌先でレロレロっと弾くと、

「ぁあああ、それ、いいの……くっ、くっ……ああああうぅぅ」

七海は手の甲を口に添えて、顔を大きくのけぞらせる。

功太郎はもう片方の乳首も指で転がし、口に含んでいる乳首は舐めたり、吸ったりを繰り返す。

すると、七海はもうどうしていいのかわからないといった様子で、身悶えをする。

見ると、薄い若草のような恥毛を張りつかせた恥丘が、何かを求めるようにせりあがってきている。

「ああん、見えてる。わたしが映ってる。恥ずかしいよ、これ、恥ずかしすぎる」

七海が天井の鏡のなかの、もうひとりの自分を見て言う。

「ふふっ、横にも映ってるよ」

功太郎が言うと、七海はちらりと、ベッドの横のミラーに目をやって、

「ああ、ほんとうだ。横にも映ってる」

恥ずかしがりながらも、興味津々《しんしん》という様子で、周囲に張り巡らされた鏡を見る。

功太郎がさらに左右の乳首を口と指で愛撫すると、七海は抑えきれないといった喘ぎを洩らしながら、ぐいぐいと下腹部をせりあげる。

突きあげてから、我慢できないとでもいうように腰をくねらせ、上下にも振って、せがんでくる。

そうしながら、七海は天井の鏡に目をやり、壁のミラーにも視線を向ける。

「ああん、いやらしい……腰がいやらしすぎるわ」

鏡のなかの自分に見入りながら、腰をくなくなと揺する。

そろそろ触ってほしいのだろうと思い、功太郎は顔の位置をおろしていく。七海の足を開かせて、下から繊毛の底に顔を寄せる。

ぷっくりとして、小ぶりの陰唇がわずかにひろがって、内部の鮮やかなピンクがのぞいていた。入り組んだ肉の襞はとろとろに濡れて、触ってほしいとでもいうように、ひくついている。

功太郎はいっぱいに出した舌で、狭間をぺろりと舐めた。ぬるっという感触があって、

「ぁあぁん……！」

七海が悩ましい声をあげて、びくっと下腹部をせりあげた。

もともと感度はいいようだが、鏡のなかの自分を目の当たりにして、さらに感度が増したようだ。やはり、女性は鏡を見て、心身ともに昂るのだろう。それに、さっきのイラマチオのときにも感じたのだが、七海はかわいい顔をしているのに、マゾっ気があるのかもしれない。

功太郎はもっと感じてもらいたくて、丹念に谷間を舐める。ぬるぬると舌を這わせ、それから、小ぶりでぷっくりした陰唇の外側にも舌を走らせる。

すると、それがいいのか、七海はびくん、びくんと震えて、もっと舐めてとばかりに擦りつけてくる。

薄い繊毛の底から顔を出している肉芽を指でかるくいじり、転がすと、七海は鋭く反応して、尻を浮かした。

功太郎はクリトリスに狙いを移して、包皮を剝き、まろびでてきた肉豆に舌を打ちつける。レロレロと転がし、やさしく舐めると、

「ぁあああ、ぁあああ……いいの、いいんです……そこ、気持ち良くて、おかしくなるぅ」

七海が腰を上下左右に揺らせる。若いから、こんなに激しいのだろうか？

おそらくそうではなく、七海は性欲が強いのだろう。生まれ持ってのものなのか、それとも、誰かに性感を育てられたのか？

対抗しようと、功太郎はクリトリスを舐め、下の口、すなわち膣口に指を添えて、かるくノックするように叩く。すると、ぴちゃぴちゃという音がして、粘液があふれて、指を濡らした。

「ああ、菊池さん、菊池さん……」

七海が名前を呼ぶ。

「どうした？」

「欲しいよ。あれが欲しいよ」

さしせまった様子で、訴えてくる。

5

功太郎は挿入しようとした。だが、肝心のものがまだ半勃起状態で、これではいかにも心もとない。

「入れたいんだが、ここが今ひとつ硬くなっていないんだ。いや、心配には及ばない。刺激を与えればすぐに大きくなるから」

七海はちらりと股間のものを確かめて、提案してきた。

「じゃあ、おしゃぶりさせてください。いいですか？」

「ああ、もちろん」

「ベッドに立ってください。わたし、この仁王立ちフェラのほうが好きなんです」

「わかった……ありがとうね。これでいいかな……」

功太郎はスプリングの効いたベッドに立つ。すると、七海がにじり寄ってきた。

一糸まとわぬ姿で前にしゃがんで、まだ柔らかさの残っている肉の棒をつかんで、ぶんぶん振る。と、すぐに一本芯が通ったように、それが硬くなった。

「やっぱり、先日とは違いますね。よかった、大きくなって」

七海はにっこりして、根元を握りしごきながら、ぐっと姿勢を低くした。かわいい顔を横向けて、いきなり、睾丸を舐めてきた。

「おっ、くっ……」

思わず呻く。

七海はまた微笑んで、皺の袋を伸ばすようにして、丹念に袋に舌を這わせる。その間も、本体を握りしごいてくれているから、分身はへこたれることなく、どんどん硬くなってくる。

「ふふ……」

ショートヘアの似合うととのった顔を上に向け、七海は睾丸を下から舐めあげる。

「くすぐったいけど、気持ちいいよ」

感想を言うと、七海はご満悦の顔をし、それから、もっとできるわよ、とばかりに顔の位置を低くして、皺袋から肛門にいたる会陰《えいん》にちろちろと舌をぶつけてくる。

（そ、そんなところまで、舐めてくれるのか！）

若い子にここまでしてもらって、かえって申し訳ない。それでも、よく動く舌で会陰を舐められると、ぞわぞわっとした快感が走り抜けていく。

（そうか、ここはこんなに気持ちいいところだったのか……）

三十六歳も年下の女の子に教えられている。

七海は会陰から睾丸、さらに裏筋を舐めあげると、亀頭冠の真裏を集中的に舌であやし、それから、頬張ってきた。

本体の途中までは指で握り、あまった部分に唇をかぶせて、短いストロークで頬張る。

「おっ、くっ……気持ちいいよ」

思わず言うと、七海は咥えたまま、大きくてキラキラした目で見あげてくる。

やはり、かわいい。

較べたくはないが、どうしても暁子のフェラを思い出してしまう。暁子は巧妙で、艶めかしい。それに較べて、七海は一途で、かわいい。

(俺は、幸せ者だ……！)

少し前までは、まったく女性とは無縁の生活だった。それが、いきなり、よりによって最高ランクの二人の女性とコトをいたしている。

幸運すぎて、怖いくらいだ。これまでの長い人生での学びから推《お》すと、こういうことのあとにはだいたい落とし穴が待ち受けている。

だが、これからのことを心配したところで、仕方がない。今は、この幸せな瞬間を満喫したい。

ふと、違う気配を感じて、下を見ると、七海が頬張りながら、横を見ていた。彼女が見ているのは、ベッドの周囲に張り巡らされた鏡で、そこに映る自分の姿を興味津々という様子で見つめているのだ。

鏡には、功太郎の肉柱に唇をかぶせて、懸命に頬張っている七海の姿がはっきりと映っていた。

よく見ると、七海は深く咥えたり、浅めに頬張ったり、吐き出して、肉棹の裏を舐めながらも、そういった自分の姿を確かめつつ、愉しんでいるようだった。

功太郎も逞しく勃起した肉棹を若くかわいい女性に咥えてもらっている自分の姿を目の当たりにして、高揚感を覚えた。

七海が動きを止めたので、今度は功太郎が自分で腰を振ってみる。

さっき覚えたイラマチオの要領である。

すると、横の鏡に、女の子の口めがけて、屹立を叩き込んでいる自分の姿がはっきりと映し出されて、功太郎は強い満足感に充《み》たされた。

また七海が動きだした。唇を大きくすべらせて、ちゅぱっと吐き出し、唾液を肉棹の先端に手のひらでなすりつける。

また、頬張って、今度は睾丸をお手玉でもするようにあやし、唇を根元から先端まですべらせる。その動きがどんどん速く、激しくなり、功太郎の下半身にあの射精前に感じる熱い痺れが湧きあがってきた。

「うおお、ダメだ。出てしまう。きみと繋がりたい」

訴えると、七海がちゅぽっと吐き出して、どうすればいいですか、という顔をした。

「仰向けに寝てくれないか？　俺が入れるから」

こっくりとうなずいて、七海がベッドに横になる。

功太郎は今だとばかりに両膝をすくいあげ、屹立をわずかに口をのぞかせている膣口に押しつける。

（よし、大丈夫だ。これならイケる！）

分身は自分でも誇らしく感じるほどに、りゅうとそそりたっている。

潤みのとば口に切っ先を当てて、慎重に沈み込ませていく。すると、硬くいきりたつ肉塔が狭い入り口を通過していく。

（おっ、できたぞ！）

そのまま体重を乗せると、切っ先が窮屈な粘膜の道を押し広げていって、

「ぁああうっ……！」

両手を顔のそばに置いた七海が、顎をせりあげて、眉を八の字に折った。

（おおう、とうとうこの子とできた！）

一度、しくじっている分、悦びは大きい。

しかも、七海の膣はきつきつで、蕩けたような粘膜がうごめきながら、硬直を締めつけてくるのだ。

具合が良すぎた。

功太郎は奥歯を食いしばって、暴発をこらえる。やはり、口腔愛撫されて高まったところで、突入してはダメなのだ。

七海が、突いてくださいとばかりに、腰をせりあげる。しかし、今ピストンしたら暴発は目に見えている。

（こういうときは……）

功太郎は敢えてピストンせずに、足を放して、覆いかぶさっていく。

たわわすぎる乳房が触ってほしそうに、ピンクの乳首を勃起させている。

功太郎は左右のふくらみをつかみ、量感あふれる乳房を揉みあげる。柔らかで身の詰まった豊乳が形を変えて、指にまとわりついてくる。

頂上の突起を指腹で捏ねると、

「あああ、いいんです。もっと、もっと、強く……ぁああううう」

七海が首を左右に振りながら、下腹部をぐいぐいせりあげる。

「くう、ちょっと待った！」

危うく放ちそうになって、功太郎はぐっと奥歯を食いしばる。

せっかくひとつになれたのに、ここで放ってしまっては、元も子もない。

「ゴメン、きみのここは具合が良すぎる。だから、その……腰を動かさないでくれるか？」

「……わ、わかりました。わたし、無意識にやってて……」

「そうだろうな。大丈夫だ。自分で動かせば、加減できるからね」

「はい……」

よし、こうなったら――。

功太郎は背中を曲げて、乳首にしゃぶりついた。片方の乳首を舐め転がしながら、もう一方の乳房をつかんで揉みしだく。

やはり、七海は乳首が敏感なのだろう。

「ぁあぁ、ぁあぁあ……いいんです。おかしくなる……わたし、おかしくなっちゃう……ぁあああああ」

右手の甲を口に当てて、のけぞりながら、声をあげる。

そのとき、それが習性になってしまっているのだろう、七海の腰がうごめいた。

心からの快感の喘ぎをこぼしながらも、七海の裸身はのけぞり、その際、結合部も上下に揺れて、窮屈な肉の筒がぎゅう、ぎゅうと勃起を締めつけてくる。

それだけなら、何とか我慢できた。

　だが、七海はしなやかな裸身を大きくブリッジさせるので、恥骨が根元を圧迫し、さらに、上下動されたとき、きつきつの膣が締めつけながら、硬直を擦りあげてきた。

「ぁあああ、よせ……あおおお……」

　ふいに射精感が込みあげてきた。

　どうこらえても、もう放出は時間の問題だった、

（ええい、こうなったら……！）

　どうせ我慢しきれないのだから、ここはもう一気に行くしかない。

　功太郎はとっさに七海の膝裏をつかんで、開かせ、吼《ほ》えながらラストスパートした。

「あん、あん、あんっ……」

　七海が甲高《かんだか》い喘ぎをスタッカートさせ、シーツを両手で鷲づかみにした。前髪があがって、いっそうかわいく感じる。眉根をぎゅっと寄せた今にも泣きだしそうな顔は、かわいいのにエロい。

（きっと七海もイキかけている。きっと、そうだ。今だ、今だ！）

　功太郎は吼えながら、猛烈に打ち込んだ。

　下腹部の熱い塊《かたまり》がぎりぎりまでふくれあがる。

「あん、あん、あん……すごい、すごい！」

ぐいと奥まで打ち据えたとき、功太郎は放っていた。熱いものが噴出していき、その快感に打ち震えた。

「くおおおぉぉお……」

だが、七海はまだ昇りつめていくその坂道の途中だったのだろう、

「あああ、まだよ、まだなの……もっと、イキそうなの……ぁああ、ください」

精液を浴びながらも、もどかしそうに腰を揺すり、もっともっとばかり、下腹部をせりあげてきた。

「くおおおぅ……！」

功太郎は吼えながら、もう一突きする。

だが、精液をほぼ吐き出したイチモツはすでに力を失っていて、打ち込んでいるという実感がない。

やがて、それが膣から押し出されて、功太郎はすぐ隣にごろんと寝ころんだ。

その横では、七海がいまだおさまらない性欲を解消できないまま。もどかしそうに腰をくねらせていた。

第四章　レッスンの果てに

1

翌日の朝、息子が家を出たあとで、功太郎は昨夜の件を暁子に報告した。

昨夜は随分と帰りが遅かったが、何かあったのですか？　と、暁子に問われたからだ。

功太郎はいつもの和食の朝食を摂りながら、

「じつは、昨夜、七海ちゃんとベッドインしたんだ」

言うと、暁子が身を乗り出してきた。

「それで、できたんですよね？」

「ああ、挿入は果たせたよ」

「やったじゃないですか！　それで、どうして浮かない顔をなさっているんですか？」

「恥ずかしいことだから、ほんとうは言いたくはないんだが……」

「おっしゃってください」

暁子が真っ直ぐに見つめてくるので、覚悟を決めた。

「その、何ていったらいいのか……すぐに、出してしまったんだ」

功太郎は羞恥で顔が真っ赤になるのがわかった。

「すぐに……ですか？」

「ああ……もちろん、三擦《みこす》り半ってわけではないけど、その……七海ちゃんが気を遣《や》る前に、ドバッとね」

「それは、お義父《とう》さまがようやく果たせたので、昂奮しすぎだったんじゃありませんか？」

暁子の言うことは、もっともだった。

「もちろん、それもあるとは思うけど……それ以前に、俺は俗に言う『早漏《そうろう》』じゃないかと思うんだ。ほら、暁子さんとしたときも、もちろん最高にうれしかったということもあるけど、これからというときに出してしまったじゃないか？　前からその傾向はあったけど、この歳になって、それが進行したんじゃないかと思うんだ」

功太郎はすべてを赤裸々に告白する。暁子には、すべてを受け入れてくれるという安心感があるので、ついつい打ち明けてしまう。

「それで、七海ちゃんはどうだったんですか？　満足していたかということなんですが……」

「ああ、それは、満足できていなかったね。こちらが出してしまったあとでも、『イカせて』と、腰を振っていたからね」

「そうですか……」

暁子はしばらく黙って考えている様子だったが、功太郎を見て、真剣に訊いてきた。

「お義父さまは、長引かせたいですか？　時間を」

「……ああ、もちろん。女の人を腰が抜けるほどにイカせてみたいよ」

心の声だった。

「わかりました」

暁子が何かを決心したように言った。

「わたしが協力します」

「えっ……？」

「レッスンをつけさせてください」

暁子がきっぱりと言う。

「レッスンって……長引かせるための？」

「はい……」

「それって、もしかして、また俺と……？」

暁子が大きくうなずいた。その瞬間、体のなかを歓喜の電流が貫いた。

「もちろん、すごくうれしいけど……ほんとうにいいの？」

また、暁子がうなずいた。

「でも、あの……暁子さんはどうして俺にこんなによくしてくれるの？」

功太郎は、ついつい心に浮かんだ疑問を口にしていた。

「それは……いつまでもお若く、ステキなお義父さまであってほしいからです。そのためには、あっちのほうも自信をつけていただかないと……だから、七海さんとのこと、応援したいんです。七海さんのような若い女の子とおつきあいできるなんて、そうそうあることではないと思うんです。だから、ここで頑張らないと……」

「だけど、あなたは俺が他の女性を抱くことに、協力してるんだよ。そういうのって、いやじゃないの？」

「いやではないです」

暁子がきっぱり言ったので、何となく得心できた。やはり、暁子は自分を男として見ていないのだ。もし男性として見ていれば、当然嫉妬を燃やすはずだ。

正直、ガクッと肩が落ちたが、これはこれで割り切れていい。

暁子が言った。

「卓弥さん、今度の土日、社員旅行で鬼怒川《きぬがわ》に一泊します。そのときに……」

「そうか、いいよ、それで。ありがとう……そろそろ出ないと」

功太郎は席を立って、洗面所に向かった。


土曜日の昼下がり、功太郎は暁子とともに、庭の草むしりをしていた。

今朝、息子は社員旅行で早めに家を出た。

何となくウキウキしていたから、おそらく鬼怒川でこっそりと、今かわいがっている後輩女子社員と不倫をするつもりなのだろう。

暁子が今日を特訓の日に決めたのも、夫の不倫がわかっているから、それに対抗するためという理由もあったに違いない。

卓弥が家を留守にしているというこの絶好の機会に、庭の草むしりなどしなくてもと思うのだが、暁子が『今日は比較的涼しいから、草むしりをしましょう』と提案してきたのである。

午後三時、すこし涼しくなってきたとはいえ、まだまだ残暑は厳しい。

夏の終わりを告げるというセミのツクツクボウシが、庭の木にとまって、あの独特の鳴き声を響かせ、そこに、「カナカナカナ」というヒグラシの哀愁を誘う鳴き声が混ざってくる。

そんななかで、ストローハットをかぶって、不自然に短いフレアスカートを穿いた暁子が、無心に草をむしっている。

いや、無心ではないだろう。ノースリーブの白いブラウスの胸元は大きくひろげられ、ノーブラの乳房が三分の一程度見えてしまっている。その白絹のようにきめ細かい肌には、玉のような汗が噴きでており、しかも汗で張りついた白いブラウスの胸の頂《いただき》には、ピンクの小さな円と明らかに乳首とわかる色形の突起がくっきりと透けでてしまっていた。

これだけ、ぽっちりと浮きでているのは、おそらく、暁子が乳首を勃起させているからだろう。

そう想像しただけで、作務衣《さむえ》のズボンをイチモツが持ちあげてしまう。

（暁子さんに対しては、瞬時に愚息が反応してしまうんだな……）

ズボンの股間に目をやった。

明らかにふくらんでいるそれを確認して、前を見たとき、暁子がふっと口許をゆるめた気がした。

（ばれたか……）

とっさに足を閉じたのだが、その反対に、なぜか暁子の足がひろがった。

（んっ……？）

目を伏せながらも視線を送る。

三十度ほどの角度だった暁子の足が、徐々に開いていく。

（んんんっ……！）

あのときもそうだった。二人で線香花火の長持ち競争をしたときも、暁子はこうやって膝を開き、浴衣のなかの太腿を見せつけて、功太郎の動揺を誘った。

（お股をひろげて、俺を発情させようとしているのだな）

功太郎は草をむしるふりをしながらも、目が離せなくなる。

（そうか、これをしようと、暁子さんはこんなに短いスカートを穿いていたんだな）

納得できた。

暁子の膝がひろがって、膝上のフレアスカートからのぞく太腿も開いていく。しゃがんでいるので、太腿がふくら脛と重なって、横にひろがり、むっちり感が増している。

両足を直角まで開いているせいで、見える範囲が増し、もう少しで太腿の付け根まで見えてしまいそうだ。

その奥にあるものを、功太郎はすでによく知っている。具合の良さを実際に味わっている。

だが、それとこれはまた別物のようで、その見えそうで見えないところが功太郎をかきたてるのだ。

いつの間にか、草むしりをする手が止まっていた。

ごくごくっと生唾を呑む音が、体の奥ではっきりと聞こえた。体の外では、ツクツクボウシとヒグラシの鳴き声が煩《うるさ》いほどに響いている。

そして――。

暁子の足が鈍角にひろがったとき、むっちりとした太腿の付け根にある、黒いものが目に飛び込んできた。

それは、暁子の陰毛だった。

よく見ると、黒々とした繊毛が渦を巻きながら恥丘に張りついている。

やはり、暁子はブラジャーもパンティもつけていないのだった。

この行為が功太郎の性欲をかきたてるためのものだと、わかっている。わかっていても、昂奮するときはするのだ。

どんな顔で、見せつけているのかを知りたくなって、おずおずと暁子の顔を見た。

暁子はうっすらとした笑みを口角のあがった口許に浮かべ、はにかんだような目をしていた。

その顔に、ストローハットの作る影が落ち、明るい部分と暗い部分に分かれたその顔が、なんとなく暁子の持つ二面性を表しているようにも見えた。

暁子がぱたっと足を閉じた。

(ああ、顔を見なければよかった……！)

猛烈に悔いたとき、暁子がふいに立ちあがった。

そして、濡れ縁に腰をおろし、タオルで汗を拭い、クーラーボックスから冷えたミネラルウオーターを取り出して、

「お義父さまもどうぞ。一休みしましょう」

と、勧めてきた。

功太郎も濡れ縁に腰かけて、渡されたボトルのミネラルウオーターをごくっ、ごくっと飲む。よく冷えた水が喉を潤していき、「ああ、美味い」と声をあげる。

そのとき、暁子がまさかのことを言った。

「お義父さま、よろしかったら、わたしの前にしゃがんで、お飲みになってくださ い」

功太郎には最初、その言葉の意味がわからなかった。

ぽかんとしていると、暁子が足を少し開いた。そして、周囲を見渡して、

「見ている人は、いませんから」

と、にっこりしながら言う。

そこで、ようやく功太郎はこの提案の意味するところを理解した。

「……しかしな」

「いいんですよ。これも、お義父さまへの個人レッスンですから。それとも、こういうレッスンはおいやですか？」

功太郎は激しく頭を左右に振る。それから、ペットボトルを持ったまま立ちあがって、暁子の正面の芝生に胡坐《あぐら》をかいた。

暁子はもう一度周囲を見渡して、人目のないことを確認すると、ゆっくりと膝を離

していく。

そうしながら、膝上のフレアスカートをまくりあげたので、太腿が完全にあらわになってしまった。

あらわになったのは太腿ばかりではない。

直角ほどに開いた左右の太腿の奥に、黒々とした繊毛が縦に走り、それが流れ込むところに、女の花びらがうっすらと口をのぞかせていた。

（おおう、これは……！）

あまりにも衝撃的な光景に、頭がくらくらしてきた。

晩夏の午後の陽光が、息子の嫁の秘密の部分を照らしだし、わずかに開いた狭間には赤く濡れた粘膜がぬらぬらと光っているのだ。

しかも、ここは功太郎がローンを組んで、苦労して建てたマイホームの庭なのだ。

口がぽかんと開いているのが、わかる。

それを見て、暁子が言った。

「ふふ、いやだわ、お義父さま、口が開いています」

功太郎はあわてて、口を閉じる。

すると、暁子は功太郎をじっと見ながら、足を静かに開閉させるのだ。

功太郎の視線はどうしてもその奥に釘付けにされる。

膝が開いていき、鈍角までになると、内部の赤い粘膜もいっそうひろがって、透明な蜜のしたたるさまが目に飛び込んでくる。

いったんひろがった足が閉じていき、ついにはぴったりと閉じられる。

その状態で、暁子は膝を擦りあわせる。すると、左右の太腿もくなり、くなりと揺れて、台形の陰毛が見え隠れし、

「んんっ……んんっ」

と、暁子は押し殺した声を洩らして、功太郎をねっとりとした目で見るのだ。

(……！)

言葉を失うとは、まさにこのことを指すのだろう。

脳味噌が沸騰して、働かない。体のなかで唯一、働いているのはおチンチンで、股間のものがあっという間にいきりたって、作務衣を突きあげている。

そんな功太郎を暁子は余裕さえ感じられる表情で眺めているのだ。

ほっそりして長い指が徐々に太腿を這いあがっていき、左右の手指が太腿の付け根に当てられた。

えっと思った直後に、女の花弁が開いた。

暁子は肉びらに指を添えて、ぐいと左右に引っ張ったのだ。

「おおぅ……」

功太郎はのけぞって、後ろに両手を突いていた。

その驚きぶりに暁子はうっすらとしたアルカイックスマイルを口許に浮かべながら、腰を突きだしてきた。

濡れ縁に腰かけ、足を大きくひろげながら、自らご開帳した花芯をもっと見てください、とばかりに功太郎めがけて、せりだしてくる。

こくこくっと生唾を呑み込みながら、功太郎はいつの間にか、ストリップのかぶりつきに座っているみたいに、身を乗り出していた。

暁子はさすがに恥ずかしいのか、顔を横向けて、手指を動かす。そのたびに、陰唇が開閉し、ぐちゅぐちゅと卑猥な音がセミの鳴き声に混ざって聞こえてきた。

「ああああ、暁子さん、すごいよ。すごいよ。いやらしい音が聞こえるよ」

そう言って、功太郎は作務衣のズボンのなかに右手を入れて、じかにイチモツを握った。それは、信じられないほどに硬くなって、高熱を発していた。

今一度、周囲を確認する。隣家とは離れているし、この暑いのに外に出ている者はいない。

これで、我慢しろと言うほうが無理だ。

功太郎は暁子のご開帳を食い入るように見ながら、ブリーフの下の勃起をしごいた。

と、暁子が右手の中指で翳《かげ》りの底をゆるゆると擦りはじめた。

おそらく、クリトリスを愛撫しているのだろう。濡れ溝の上方を中指で円を描くように擦りながら、大きく開いた太腿をぶるぶる震わせて、

「ぁああ、いや……これ、恥ずかしいわ……ぁああ、ぁあああ、気持ちいいの。お義父さまに見られていて、気持ちいいんです……ぁあああ、あああ、イキそう」

暁子が顔をのけぞらせて、下半身を前後に振りはじめた。

「おおぅ、暁子さん……出そうだ。俺も出そうだ」

思わず言って、暴発寸前のイチモツを握りしごいたとき、

「待って！」

暁子の声が響いた。ハッとして、しごくのをやめる。

ぱたっと足を閉じた暁子が非情に言った。

「まだ、出してはいけません。部屋に入りましょう」

「いや、だけど、ここまで来て……」

「これは、お義父さまのためのレッスンなんですよ。わかってください」

暁子がきっぱり言うので、確かにと功太郎は思い直して、作務衣から手を出した。

2

勝手口から家に入ると、

「汗をかきましたね。シャワーを浴びましょう。お義父さまもご一緒に」

そう言って、暁子はバスルームに向かう。

（一緒にシャワーを浴びることができるなんて、夢のようだ）

功太郎もあとをついていき、二人でバスルームと隣接した洗面所兼脱衣所に入る。

そこで、暁子がブラウスに手をかけたとき、ふいに、こうしたいという強い欲望が湧いてきて、伝えた。

「待ってくれ……服を脱ぐ前に、さ、触らせてくれないか？」

「このまま、ですか？」

「ああ……暁子さんの、このテニスプレーヤーみたいな格好に、そそられるんだ」

「……ふふ、かまいませんよ」

「じゃあ……鏡のほうを向いてくれないか？」

「こう、ですか？」

暁子が洗面台の上に取り付けられた大きな鏡を見る形に立った。

鏡には、ノースリーブの白いブラウスに膝上のフレアスカートという格好の暁子が映っていて、その後ろに功太郎が立っている。

功太郎は両側から手をまわし込んで、暁子を抱きしめる。かるくウエーブした長い髪に顔を埋めると、牧草のような匂いと、女体の生々しさが混ざった香りがして、それが功太郎をかきたてる。

しばらくの間、陶然として女の髪に酔った。

「大丈夫ですか？」

暁子の声がする。

「あ、ああ……髪がとてもいい香りだから……」

酔いから醒めた功太郎は、乳房を揉む。

ブラウス越しに胸のふくらみを鷲づかみにして、その重さやたわわさを確かめるように揉むと、柔らかなふくらみがしなって、

「んっ……んっ……」

暁子は声をくぐもらせて、腰をもどかしそうにくねらせる。すると、発達した尻が

股間に擦りつけられて、その刺激でイチモツがまた大きくなる。

分身がエレクトすると、性欲も漲《みなぎ》ってくる。

生地の上からでも硬く、しこっているとわかる胸の突起をとらえた。指でつまんで、左右にねじると、

「ぁあああ……ダメ、いけません」

暁子が顔を左右に振る。

「暁子さん、見てごらん。鏡を」

言われて、暁子がおずおずと正面に目をやり、

「いやっ……！」

と、顔をそむけた。

洗面台の鏡には、白いブラウスから透けだした乳首が、それとわかるほどに色と形を浮き彫りにしている。それを見ながら、さらに突起をつまんで転がすと、

「ぁあああ、ぁあああああ、あうぅぅ」

暁子は抑えきれない声を洩らして、尻を後ろに突き出してくる。その豊かな臀部が股間のものを押しながら、擦ってくる。

（ああ、何て色っぽいんだ……！）

功太郎のなかで、暁子は息子の嫁であり、同時に、美と官能の化身へとなりつつあった。

ブラウスのボタンに手をかけて、ひとつまたひとつと外していく。外し終えて、ブラウスの前をひろげると、乳房がこぼれでた。

丸々としていながら、直線的な上の斜面を下側の充実したふくらみが持ちあげた乳房は、功太郎がこれまで目にした乳房のなかでいちばん美しく、官能的に思える。

後ろから、両手でふくらみをつかみ、やわやわと揉みしだくと、ふくらみが沈み込みながら形を変え、コーラルピンクの頂を指でつまんで捏ねると、

「んっ……んっ」

暁子はびくっ、びくっと震えて、「ぁあああ」と顔をせりあげた。

功太郎は右手をおろしていって、フレアスカートをまくりあげながら、太腿の奥に手をすべり込ませる。と、柔らかな繊毛とともに、ぐちゅっと花肉を指が割って、

「……あっ……！」

暁子が腰を屈ませる。

狭くなった太腿の狭間をこじ開けるように、花園を指でなぞる。

「ぁあああ、ダメ、お義父さま……こんなことされると、レッスンがつけられなくな

るわ」

「だけど、俺にとっては、これも学びのひとつなんだよ。魅惑的なボディに触れることによって、その、何ていうかな、耐性がつく。そうすれば、多少のことがあっても我慢できるだろ？」

「でも、シャワーでお義父さまのおチンチンを鍛えたいの、だから……」

「わかった。じゃあ、もう少しだけにするから」

そう言って、功太郎は左手で乳房を揉み、右手で繊毛の奥を愛撫する。

腰を引いていた暁子はいつの間にか上体をのけぞらせ、片手で後ろ手に功太郎の首につかまりながら、腰をくねらせる。

たわわな乳房を揉まれながら、尻を揺する暁子の生々しくも艶《なま》めかしい姿が、鏡に映しだされていて、それを背後から見て、功太郎は大いなる悦びに充たされる。

「ねえ、お義父さま、そろそろ……」

「ああ、わかった」

未練を残しつつ、手を放した。

すると、暁子はスカートを降ろして、裸になり、つづいて功太郎の作務衣を脱がせてくれる。

（ああ、服を脱がせてもらうなんて、いつ以来だろう？）

自分が子供になったような気分だ。

「お義父さまのここ、まだ大きいまま……勃《た》たないと嘆いていたのがウソみたい」

暁子が下から見あげてくる。

「あ、ああ……暁子さんのお蔭だよ。感謝してるよ」

「いいんです。はい、脱げました」

暁子は立ちあがり、長い髪を後ろでお団子にまとめた。バスルームに入っていくので、功太郎もそのあとを追った。

しゃがんで温度を調節していた暁子が、シャワーヘッドをつかんで、肩から浴びる。色の白いきめ細かい肌が水滴を弾いて、あっという間に桜色に染まっていく。

その後ろ姿に見とれていると、暁子は立ちあがって、功太郎にシャワーをかけてくれる。汗を流し終えると、洗い椅子に座るように言われ、功太郎はプラスチックの椅子に腰をおろした。

すると、暁子はシャワーを止めて、スポンジに液体せっけんを塗り付け、泡立てて、功太郎の背中を擦りはじめた。

「ありがとう。暁子さんに背中を流してもらえるなんて、夢のようだよ」

「前から一度、お義父さまの背中を流したかったんですよ。ようやく叶《かな》ったわ」

そう言って微笑む暁子の顔が、正面の鏡に映っていた。

脇腹をなぞっていたスポンジが前にまわって、内腿を這いはじめた。

「あ、ちょっと……そこはいいよ。また、大きくなっちゃう」

「いいんですよ。大きくなさって」

暁子の持つスポンジが中心に向かってきた。股間のものをぬるぬるとした石鹸で洗われて、イチモツがまたむくむくと頭を擡げてきた。

「ダメだって。それに、あなたのオッパイが背中に……」

「おいやですか？」

「いやじゃないよ、もちろん」

「ふふ、こうすれば……」

と、暁子が泡立てたソープを乳房に塗りはじめた。たちまち、乳房が白い泡で覆われ、そのふくらみを暁子は意識的に背中に擦りつける。

「おおお、ああ……オッパイのぬるぬるが……」

「ここは、どうですか？」

暁子の手が脇腹から、下腹部へとすべりおりてきた。そのまま、じかに肉棹を握られて、功太郎は「うっ」と唸る。

次の瞬間、ソープまみれの手のひらが、分身をしごきはじめた。

「ぁあああ、ちょっと……！」

「どうなさいました？」

「ダメだよ。ぬるぬるが、気持ち良すぎる……くううう、出てしまう！」

訴えると、指の動きがぴたりとやんだ。

そうなると、今度は刺激が欲しくなる。

「……少しなら、いいんだよ。しごいても」

「このくらい？」

動きを止めていた指が、また動きだす。

ゆるゆると加減してくれているが、手のひらも指にも石鹸がついているから、すべりがよくて、しかも、指が亀頭の敏感な箇所を触ってくるので、また、射精感が込みあげてきた。

「おおう、ゴメン、それもダメだ。出てしまうよ」

そう訴える自分が情けない。

と、暁子は手を離し、シャワーヘッドを向けた。

温かいシャワーが降り注ぎ、白い石鹸の泡が取れていく。

功太郎が一息ついたとき、浴びせられるシャワーの温度が急に低くなった。むしろ、それは冷水と呼んでよかった。

「うわああ……！」

功太郎は悲鳴をあげて、股間を手で冷水から防御した。

「これをすると、血管がきゅっと細くなって、射精感も引いていくらしいですよ」

「ああ、それは聞いたことがあるよ……うん、確かに引いていったよ。だけど、キンタマまでもが縮みあがっちゃうよ」

「これを繰り返せますか？」

「あっ、ちょっとそれは……」

勘弁してくれ、と言おうとしたとき、

「あの、わたしが咥えて大きくしますが……」

暁子が言葉を挟んできた。

「えっ……？」

だったら、いいか……。

「わかった、やるよ。持続時間を長引かせるためだからね。多少つらいのは我慢しないとね」

「こっちを向いてください」

功太郎が洗い椅子の上で暁子のほうを向いて座ると、暁子が屈み込んできた。縮こまっている肉の芋虫を口に含んで、なかで舌をからみつかせてくる。

「ぁああ、気持ちいぃー」

思わず声をあげる。

女の口のなかは、こんなにも温かく、快適なものだったのか。さっき、冷水を浴びた感覚が残っているだけに、余計にそう感じてしまう。

ぐちゅぐちゅと揉み込まれて、たちまち分身が力を漲らせてきた。そして、大きくなったものを、暁子はじゅるじゅるっとすすりながら、激しく唇でしごいてくる。

すると、麻痺していた分身にまた血が通い、巧妙なやり方でフェラチオされるうちに、ジーンとした痺れが、甘くさしせまったものに変わっていった。

「ああ、おおぉ、ダメだ。また、出そうだ！」

思わず訴えると、暁子はちゅぱっと吐き出して、暴発寸前まで熱くなったものに、シャワーの冷水を浴びせる。

「くわぁ……！」

その暴力的な冷たさに、功太郎は奇妙な悲鳴をあげる。そして、あれほどまでに切迫していた感覚が、まるで水をかけられた炎のように鎮《しず》まっていく。

だが、そこで尋常でないことが起こったようなのだ。

「あら、おかしいですね。全然、小さくなっていないわ。ギンとしたままですよ」

暁子が小首を傾《かし》げて、それに手を触れた。

おずおずと視線をやると、確かにイチモツはいきりたったままだ。それに、蛇のようにのたくった血管が浮きあがっていて、やけにギンとしている。

「おかしいな。ほとんど感覚はないんだ。まるで、冷凍されたみたいっていうか」

「試しに、咥えてみますね」

そう言って、暁子が姿勢を低くして、唇をかぶせてきた。

表面のこわばりが蕩《とろ》けていくような感触があったので、感覚が戻ったのかと思った。

だが、溶解はそこまでで、いくらフェラチオされても快感が湧いてこない。

したがって、射精感も訪れない。

暁子が吐き出して、いきりたちを握ったまま言った。

「すごいわ、お義父さまのここ。カチカチだし、すごく大きくなってる」

「そ、そうか……冷水法の成果が出たのかもしれないね」

「そうみたいですよ……ああ、何かへんな気持ちになってきたわ」

そう言って功太郎を見る暁子の目が、さっきまでとは違って、とろんとしている。

もしやと思って、誘ってみた。

「暁子さん、ひとつ頼みがあるんだが……」

「何ですか？」

そう答えながらも、暁子は屹立を強く握りしごいている。息づかいも乱れ、全身から発情した女の放つフェロモンのようなものが感じられた。

「その、挿入してみたいんだ。せっかく、成果が現れたんだ。実際に入れて、試してみたいんだ。ダメかな？」

「ダメじゃないですが……もともと、それが目的なんですから」

暁子は少し考えていたが、やがて、「わかりました」と同意して、洗い場に立てかけてあったマットを敷く。

その上に、功太郎を仰向けに寝かせ、いきりたつものに唇をかぶせて、しばらく頬張る。ちゅるっと吐き出して、またがってきた。

マットの上の功太郎をまたぎ、依然としてそそりたっている肉の塔をつかんで、自らの秘唇になすりつける。最初はお湿り程度だったのに、たちまちそこは潤ってきて、ぬるり、ぬるりとすべる。

それから、沈み込んできた。

暁子はいきりたちから手を離し、肉の塔が嵌まり込んでいくと、

「ぁあああ、すごい！」

両手を功太郎の腹に突いて、ぐーんと上体をのけぞらせる。

もう一刻も待てないとでもいうように腰を前後に打ち振って、

「どうして？　どうしてこんなに硬いの？　ああ、あああ、見ないで……止まらない。腰が勝手に動くのお」

暁子はこれまでの自制の効いた行動がウソのようにはしたなく腰を振る。

ものすごい光景だった。

暁子の裸は美しく、艶めかしい。その絶品の裸身が自分の腹の上で、身悶えしながらくねっている。前傾しているので、たわわで形のいい乳房が触れて、その柔らかな感触まで思い起こしてしまう。

そして、驚いたのは、こんなに激しく揉み抜かれているのに、いまだに射精感が訪れないことだ。

（効いたな……冷水法なんてウソっぱちだと見くびっていたが、少なくとも俺には効

いている！）

余裕があるから、暁子の素晴らしい肉体や、「ぁあああ、ぁあああ、もうダメ」という艶めかしいのに愛らしい声を充分に受け止められる。

「お義父さま、大丈夫ですか？　感じはいかがですか？」

暁子が訊いてくる。

「ああ、大丈夫だよ。これまでとは違う」

「よかった」

暁子が両膝を立てて、腰を上下に振りだした。ぎりぎりまで引きあげて、ストンと落としてくる。また、持ちあげて、真上から沈めてくる。

まるでスクワットでもするように、暁子の腰は活発に動く。

（そうか、暁子さん、じつは運動神経もいいんだな。おっとりしているから、そうは見えなかったが……おおう、たまらん！）

暁子が腰を落としきったところで、ぐいん、ぐいんと腰をストリッパーのようにグラインドさせたのだ。

（感覚が戻ってきたぞ。くう、たまらん！）

それまで薄かった快感が急速にひろがってきた。

（そうか、暁子さんの熱い肉壺で、凍りついていたイチモツがもとに戻ったんだな）

それが長持ちさせる上で、いいことかどうかはわからない。しかし、今、功太郎はしっかりとした快感を得ている。

「い、いいわ、ほんとうにいいの……お義父さま、イッていいですか？」

暁子がさしせまった様子で言った。

「いいんだぞ、イッていいぞ。イッてごらん」

一度、言ってみたかった。こんなことを余裕で言える自分が、誇らしい。

「ぁあぁ、恥ずかしい……動くの、腰が勝手に動くのぉ……ぁああ、あああああああああ、イキます……やあああああああぁぁ……くっ！」

腰を振っていた暁子が動きを止めて、のけぞりかえった。

膣の収縮で搾りだされそうになって、功太郎は奥歯を食いしばって、こらえた。

その腹の上で、暁子はがくん、がくんと総身を痙攣させている。

3

二階の角部屋にある自室のベッドに、功太郎は裸で腰かけていた。

暁子がはおっていたバスローブを脱いで、丁寧に椅子の背にかける。S字を描く裸身を、窓のレースカーテンから差し込む晩夏の光が照らし、その極上の裸身に功太郎はごくっと生唾を呑む。

(俺は夢を見ているんじゃないか?)

何度も思ったことを、また思う。

「カーテンは閉めますか?」

暁子が言う。

「いや、このままでいいよ。覗く人もいないだろう。自然の光で、暁子さんを見たいんだ」

はにかんで、暁子が近づいてきた。

功太郎がベッドに仰向けになると、暁子もベッドにあがり、覆いかぶさるようにして、功太郎を上から見た。

白くなった髪を慈しむように撫で、ふふと口許をゆるめる。

暁子の整った顔立ちのなかで、とくに魅力的なところは、つねにやさしさをたたえたアーモンド形の目と、ふっくらとした赤い唇だった。

その赤い唇の口角が魅力的に吊りあがって、近づいてきた。

功太郎の髪をかきあげるように、ちゅっ、ちゅっと額にキスをする。そのぷにっとした唇がさがっていき、功太郎の唇に重なってくる。

かるく合わさった唇が離れていき、なめらかな舌が静かに功太郎の唇をなぞってくる。温かい息とともに、ぬらり、ぬらりと湿った肉片が愛撫してくる。

（ああ、天国だ）

こうしていると、暁子が恋人に思えてくる。

自分の女に思えてくる。

（俺が暁子さんを引き受けるから、卓弥は若い社員に勝手にうつつを抜かしていればいい）

そう考えていると、暁子の舌が歯列の隙間をこじ開けるようにして、入りこんできた。

ぬらり、ぬらりと口腔をなぞられて、ぞくぞくしながら、功太郎も舌を差し出す。

二つの舌がからみあい、その蕩けるような快感が全身にひろがっていく。

暁子の息づかいが乱れ、喘ぐような吐息をこぼしながら、唇を吸い、舌をからめてくる。

功太郎はたまらなくなって、暁子を抱きしめる。抱いただけでは満足できず、背中から尻へと撫でまわした。

すべすべの肌がしっとりと汗ばんで、手が気持ちいい。

尻たぶをなぞると、暁子が唇を離して、のけぞりながら、

「ぁあああ……お義父さま、エッチなんだから」

喘いで、それから、悪戯《いたずら》っ子を戒めるような顔をした。

「そうだよ。あなたの前だと、とくにエッチになるんだ」

「どうして？」

「それは……」

あなたが好きだから、という言葉を呑み込んだ。

「どうしてもだ」

「どうしても？」

「ああ……」

「へんなお義父さま」

そう言って、暁子が胸に顔を埋め、乳首を舐めはじめた。

左右の乳首を交互に舌であやしながら、体を撫でてくる。

以前より、愛撫に情感がこもっている。さっき、気を遣ったせいだろうか。やはり、

女性は自分をイカせてくれた男に対しては、自然に気持ちがこもるのだろうか？

だとしたら、挿入時間を長引かせれば、その可能性は高くなる。

今している努力も無駄ではないということだ。

「お義父さま、手をあげてください」

暁子が功太郎の左腕をつかんだ。腕を顔の横まであげると、暁子が腋《わき》の下に顔を埋めてきた。

「あっ、いいよ、そんなこと」

「いいんです。好きでしているんですから」

珍しく駄々っ子のように言って、微笑み、腋にちゅっ、ちゅっと接吻し、さらに、いっぱいに出した舌でざらっ、ざらっと舐めてくる。

最初のときも、暁子にされた愛撫だった。

「あっ、く……くすぐったいよ」

そうは言ったものの、なめらかな舌で何度もなぞられるうちに、くすぐったさが快感に変わっていった。

「気持ち良くないですか？」

暁子に問われて、

「いや、だんだん良くなってきたよ」

「そうでしょ？」

「暁子さんも、腋を舐められると、気持ち良くなるの？」

「ふふ、内緒です」

はぐらかしているが、暁子はきっと腋も感じるのだろうと思った。

暁子は腋毛ごと腋窩に舌を走らせ、それから、二の腕を舐めあげていき、さらに腕に舌を這わせ、ついには、功太郎の手をつかんで、指をまるでフェラチオでもするように頬張り、顔を打ち振って、ストロークさせる。

「おっ、ぁあああ、ダメだよ、そんなことしちゃ……おおおぅ、くっ……」

思っても見なかった愛撫に驚きながらも、暁子はきっとこうすれば感じるということをやっているのだから、同じことを暁子にすれば性感を高めることができるはずだ、と、頭に叩き込んだ。

指先が敏感であるせいか、暁子の舌づかいや唇の感触がつぶさに感じられる。

それに、こんな素晴らしい女性に指を舐めてもらっているのだという精神的な悦びが加わり、この女のためなら何でもしたいという気持ちが湧きあがってきた。

ふと思いついて、口腔に入っている中指で、暁子の口蓋や舌をなぞる。さらに、掻《か》

きまわすと、

「ぁあああ、おああああ……」

暁子は喘ぎに似た声を洩らして、すっきりした眉を八の字に折り、功太郎を切なそうに見る。

「指をピストン運動させるから、咥えられる？　フェラチオするみたいに？」

おうかがいを立てると、暁子が目でうなずいた。

「行くよ」

中指に人差し指を足して、二本の指を抜き差しさせると、

「んん、んんんっ……」

暁子はくぐもった声を洩らし、今にも泣きださんばかりに眉根を寄せながらも、指を頬張りつづける。

赤い花に似たふっくらとした唇が指で擦れ、唾液がすくいだされて、功太郎の指ばかりか、暁子の顎にまで伝い落ちる。

指の角度を変えて、曲げながら出し入れすると、指先が頬の内側の粘膜を擦っていく、向かって左側の頬がぷっくりとふくらんだ。

「暁子さん、歯を磨いているみたいだ」

からかうと、暁子もそう感じていたのか、目で笑って、自分から顔を振ったので、指先が頰粘膜を押しながら擦って、まさに、歯磨きをしている状態になった。

それをつづけているうちに、暁子の表情が変わった。

目が何かに酔いしれているようにとろんとしてきて、暁子は両手で功太郎の手をつかみ、自分から激しく顔を打ち振り、じゅるる、じゅるるっと溜まった唾液を吸いあげる。

(ああ、これは暁子さんが初めて見せる顔だな)

功太郎も、暁子の女の顔をもっと見たくなった。

口腔から指を抜いて、暁子をベッドに座らせ、背後から抱きしめた。髪をかきわけるように、うなじにキスをすると、

「あっ……あっ……」

暁子はびくん、びくんと肩を震わせる。

髪に顔を埋めながら、前にまわした手で胸のふくらみを揉んだ。すると、たわわで柔らかい肉層が指に吸いついてきて、

「ああ、いい……！」

暁子が顔をのけぞらせた。

「暁子さん、暁子さん……」

「はい、はい……」

「好きだ、あなたが」

「わたしもですよ。わたしもお義父さまが好き」

暁子がそう返してきたので、功太郎は舞いあがった。

「ああ、暁子さん……」

柔らかな髪に顔面を擦りつけながら、乳房を揉みしだいた。形を変えるふくらみの頂上に触れると、そこはすでに硬くしこっていて、突起を指腹で捏ねると、

「うん……うんっ……ぁあああ、ダメぇ」

暁子はその手をつかんで、顔を激しく左右に振る。

だが、心底いやで首を振っているのではないことは、わかっている。

後ろから抱えるように、左右の乳首をいじりつづける。

ますますせりだしてきた乳首を左右にねじり、頂点を指腹でかるく叩くようにすると、暁子の腰がくねりだした。

「ぁああ、あああ、お義父さま、許して……もう、許して」

また激しく、いやいやをする。

（心にもないことを……）

功太郎が強めに乳首をつまんで、くりっ、くりっと転がすと、

「ぁあああ、いいの……いいのよぉ」

暁子はグーンと上体を反らして、功太郎の頭を後ろ手につかむ。そして、早くここにちょうだいとばかりに、腰を揺らめかせる。

功太郎は右手をおろしていく。

斜めに膝を崩して座っている暁子の太腿の付け根に、手をすべり込ませる。と、柔らかな繊毛の底は濡れていて、ぬるっとしたものが指にからみついてきた。

「いやだと言うわりには、すごく濡れているね」

耳元で囁くと、暁子は恥ずかしそうに顔を伏せる。

潤みをなぞりながら、乳首を捏ねると、暁子はもうどうしていいのかわからないといった様子で、裸身をくねらせ、

「ぁああ、あああ、お義父さま、これが欲しい。あなたのこれが……」

後ろ手に、功太郎の肉の塔をつかみ、もどかしそうにしごいてくる。

「もう、欲しいのかい？」

「……意地悪なこと言わないで」

「意地悪言ってるつもりはないよ。素直に答えればいいじゃないか。これが欲しいと……お義父さまのおチンチンを入れてくださいと」

「……ああ、ください。お義父さまのこれが欲しいわ」

暁子が言う。

「……その前に……」

功太郎は暁子を後ろに倒して、下半身のほうにまわり、暁子の膝をすくいあげる。

M字に開いたむっちりした太腿の奥に陰毛が生い茂り、その流れ込むあたりに雌花があからさまな姿を見せていた。

色素沈着の少ないピンク色をして、形もととのっている、だが、全体がふっくらとして肉厚で、いかにも具合がよさそうだ。しかも、ひろがった肉びらの狭間には、赤い粘膜がのぞき、ぬらぬらと妖《あや》しく光っている。

功太郎は誘い込まれるように、そこにしゃぶりついた。甘酸っぱい性臭に酔いしれながら、潤みを舐める。とろとろに蕩けた粘膜で舌がすべり、

「あっ……あっ……あああああ、いい！　お義父さま、気持ちいいの。気持ちいいの……はうううぅぅぅ」

暁子がのけぞって、シーツをつかんだ。

つづけて狭間に舌を走らせると、暁子は舌の動きに合わせるように腰を上下に振りたてる。

功太郎は口許をあふれでた蜜で濡らしながらも、無我夢中で狭間を舐め、上方の陰核にも舌を届かせる。

くりっと包皮を剝いて、現れた本体をじかに舐め、しゃぶる。

チューと吸い、頬張ると、

「やあああああぁぁぁ……」

暁子は悲鳴に近い声を放って、顎をせりあげる。

やはり、クリトリスはとくに感じるようだ。それならばと、功太郎は指を唾液で濡らし、突起を指先でかるく叩く。

タン、タン、タンとノックすると、それがいいのか、

「くうぅぅぅ……」

と、声を絞りだして、下腹部をせりあげる。

さらにつづけると、暁子は痙攣しながら腰を持ちあげ、しばらくその姿勢でいて、ぱたっと腰を落とした。

気を遣ったのだろうか？

様子を見ていると、しばらくして、また腰がもぞもぞとくねりだした。

功太郎は、今度は下のほうで息づいている膣口に指を添えて、円を描くように周囲をさする。そうしながら、いっそうせりだしてきている肉芽を舌であやす。

また、暁子の様子がさしせまってきた。

「ああ、あああ……お義父さま、ください。ください」

喘ぎながら言って、下腹部をぐいぐいせりあげる。

功太郎もそろそろ挿入をと考えたものの、肝心のイチモツが勢いを失くしていた。

「暁子さん、すまない。あれがちょっと……昂奮する時間が長すぎて、その……」

言い訳をする。

暁子はちらりとそれを見て、

「大丈夫ですよ。任せてください」

言って、功太郎をベッドに寝かせ、自分はしゃがんで、イチモツを舐めてきた。

よく動く舌でちろちろと亀頭部を刺激され、本体をぎゅ、ぎゅっと握りしごかれると、分身がたちまち力を漲らせてきた。

暁子はそれを頬張り、くちゅくちゅ、ちゅと唇をすべらせながら、根元も握りしごいてくる。

「ふふ、立派になったわ。わたしが上になっていいですか？」

唾液まみれのものを握りしごきながら、言う。

「ああ、もちろん」

功太郎は嬉々として言う。

4

暁子は功太郎にまたがって、いきりたつものをつかんで、濡れ溝を擦りつけてくる。

亀頭部がぬるっ、ぬるっとすべり、

「んんん……あああ、感じる」

暁子は言って、じっと功太郎を見る。功太郎がうなずくと、肉棹をつかんだまま、ゆっくりと沈み込んでくる。

切っ先が熱いほどの滾《たぎ》りをこじ開けていき、暁子は「くっ」と呻きながら、さらに腰を落とす。

屹立がほぼ根元まで嵌まり込んでいき、

「うあああぁぁぁ……」

暁子は顔をのけぞらせて、上体をほぼ垂直に立てて、動きを止めた。

「おおお、くっ……」

と、功太郎は奥歯を食いしばっていた。とろとろの粘膜がうごめいている。

「くう……締まってくるぞ。暁子さんのオマ×コがぎゅん、ぎゅんと締めつけてくる」

思わず言うと、暁子が静かに腰を振りはじめた。

上体を真っ直ぐに立てて、上を向き、腰から下を静かに揺する。

身体が柔軟なのだろう、くなり、くなりと裸身がS字を描くようにうねるさまが、女の官能美と貪欲さを伝えてくる。

「気持ちいいですか？」

腰を振りながら、暁子が上から訊いてくる。

「ああ、いいよ、すごく」

「まだ、大丈夫ですか？」

「ああ、今回は余裕があるよ。きっと、冷水法が効いたんだな」

「少し、強めに動きますよ」

「ああ、大丈夫だ」

暁子は両膝を立てて、前屈みになり、手を前に突いて、腰を浮かした。

ぎりぎりまで引きあげておいて、ストンと落とし、落としきったところで腰を前後左右に揺するので、功太郎のイチモツは著《いちじる》しく揉み抜かれる。

「ああ、いいわ……お義父さまのあれが、ぐりぐりしてくる……ぁああ、あん、あん、あんん」

暁子は黒髪を波打たせて、腰を激しく上下動させて、あからさまな声を放つ。

「おうう、いいよ、いいよ……くう、締まってくる」

さきほど、冷水を浴びせられて感覚が麻痺していたときとは、明らかに違う。感覚が完全に戻ったのだろう、体内の温かさや、粘膜の波打つような動きを、つぶさに感じとれる。

「あん、あん、あんんっ……」

暁子が腹の上で飛び撥ねるようにして、甲高い声をスタッカートさせる。

たわわで形のいい双乳がぶるん、ぶるんと波打ち、その激しい揺れが、暁子の感情をそのまま表しているようで、功太郎は昂奮する。

分身が揉み抜かれるその気が遠くなりそうな快感をこらえていると、暁子はますます強く腰を上げ下げしていたが、

「ぁあああ、くっ……」

その動きを止めて、痙攣した。

気を遣っているのだろうか。

痙攣がおさまると、暁子は前に上体を寄せて、ちゅっ、ちゅっとキスをしてきた。

功太郎の髪を撫でながら、上からじっと見つめてくる。

アーモンド形のやさしい目には、慈しむような表情と女が本来持つ野性のようなものが混在していて、功太郎はその魅惑的な目に吸い込まれていく。

唇にキスされた。

そして暁子は唇を舐め、舌を差し込んでからめながら、下半身を前後左右に揺する。

「ううううっ……」

功太郎は女性になったような気分だった。

暁子に犯されている、とでも言おうか。

ディープキスで心身ともに金縛りにされ、そこを、膣で犯されている感じである。

(暁子さんは家事もすごいが、セックスもすごいんだな)

ふと、息子は完璧すぎる妻から、逃げたくなったのではないか、と感じた。それで、自分が上に立てる若い女に走ったのだろう。

暁子がキスをやめて、また上体を起こした。

今度は、両手を後ろに突き、のけぞるような形で腰を振りはじめた。

足を大きくM字にひろげているので、濃い翳りの底に、肉棹が突き刺さっているのが、はっきりと見える。

そして、暁子は腰を後ろに引き、前に突き出し、また後ろに、という行為を繰り返すので、女の祠《ほこら》に肉の筒がめり込んだり、出てくる様子がよく見える。

翳りの底はしとどに濡れていて、勃起にまとわりつく肉びらが、めくれあがるさままでもが目に飛び込んでくる。

「ううん、ううん……ぁあああうううぅ」

暁子はすっきりした眉を今にも泣きださんばかりに八の字に折り、聞いているほうがおかしくなるような艶めかしい声を洩らして、ひたすら腰を振っている。

そんな、日頃の暁子からは想像できないしどけない姿が、功太郎を一気に高みへと押しあげる。

ぐりん、ぐりんと勃起を揉み抜かれて、下腹部のあたりがジーンと熱くなる。射精の前触れだった。

「ぁああ、ダメだ。暁子さん、出そうだ」

思わず訴えていた。

「ダメですよ。出してはダメですよ」

そう言いながらも、暁子の腰振りは止まらない。

さしせまった感覚が押し寄せてきた。

(まだだ。これは、長持ちさせるためのレッスンなんだから！)

必死にこらえようとした。だが、このままでは射精は時間の問題だった。

「おおおおぅ……」

功太郎は力を振り絞って上体を起こした。

腹筋運動の要領で上半身を立てて、暁子の乳房にしゃぶりついた。

「ぁああん……！」

暁子の腰の動きが止まった。

対面座位のこの格好なら、女性はあまり激しく動けないはずだった。

功太郎はどうにかして射精の欲望を鎮めようと、愛撫に神経を集める。

柔らかな乳肉に顔を埋めて、ぐりぐりと擦りつけ、乳首に貪りついた。すでに硬くしこっている突起を吸い、なかで舌をからませると、

「んんっ……んんんっ……ぁあああああ、これ……」

暁子が両手でぎゅっとしがみついてきた。そうしながら、腰を振ろうとするので、功太郎はその腰をつかんで、動きを止めさせる。

すると、腰の動きを封じられた暁子は、湧きあがっている快感をぶつけるように功太郎の髪を撫で、胸をよじる。

これなら、どうにか持ちそうだ。

功太郎は背中を曲げて、胸のふくらみに貪りついた。

三角に尖っている頂上を口に含み、離して、乳首を舌で転がすと、

「ぁあああ、ダメ……お義父さま、これダメです……ぁあああ、ああああああああああ、はうううぅ」

暁子が感じて腰を揺すろうとするので、功太郎はその腰を固定して、さらに、乳首にしゃぶりついた。

カチンカチンになった突起を、舐め転がし、吸う。それを繰り返していると、暁子は感じすぎて、どうしていいのかわからないといった様子でのけぞり、しがみつき、そして、

「ぁああ、動いて。お義父さま、突いてください」

さしせまった様子でせがんでくる。

ならばと、手を背中にまわして支えながら、暁子を慎重に後ろに倒していく。

背中がベッドについたところで、手と膝を抜き、自分は上体を立てる。

すらりとした足の膝裏を両手でつかんで、ぐっと押し広げながら、上から押さえつける。

暁子の足がM字に開いて、太腿の奥に肉棹がみっちりと嵌まり込んでいるのがはっきりと見える。

功太郎は強い満足感を覚えた。

やはり、男は上にならないといけない。こうしていると、暁子を貫いているという実感がある。

それに、この体勢なら自分で抜き差しを加減できるから、長持ちしそうだ。

いや、それ以上に、暁子は感じている。

功太郎がかるく腰をつかうと、

「あん、あん、あん……」

暁子は両手を顔の横に置いて、かろやかな声を放つ。

その、降参ですと言っているような格好が、また功太郎をいい気持ちにさせる。

「気持ちいいかい？」

「はい……気持ちいいわ」

「やはり、女性は下になったほうが安心して、感じることができそうだね」

「……はい、わたしはどちらかというと、下になっているほうが、感じます」

「そうか……じゃあ、今まではあまり……」

「いえ、上は上で感じますから」

「そうか……よし」

功太郎は少しずつ、打ち込みを強くしていく。

膝の裏をぐいとつかんで開かせ、膝を腹に押しつけるようにして、上から叩き込んだ。

「あん、あんん、ぁあああうぅ……」

打ち込むたびに、たわわな乳房をぶるん、ぶるんと大きく縦揺れさせて、暁子はいい声で喘ぎ、顔をのけぞらせる。

暁子の胸は大きくて、柔らかいから、揺れが大きい。その、縦揺れを見ているだけで、幸せな気持ちになる。

右手を膝から離して、乳房をつかんだ。

指に吸いつくようなふくらみを揉みしだき、乳首を捏ねる。

そうしながら、打ち込みをつづけると、暁子の気配が完全に変わった。

「ぁあああ、あああああああ……お義父さま、イキそう。暁子、イク……」

目を一瞬開けて、功太郎を見あげ、それから目をぎゅっと閉じて、顎を高々とせりあげる。

功太郎は打ち込みのピッチをあげ、深いところにえぐり込む。

真下に向かって打ちおろし、途中からしゃくりあげるように腰をつかうと、切っ先が膣の天井を擦りあげながら、奥へとすべり込んでいって、

「ぅあああああぁぁぁ……」

暁子が顔をのけぞらせ、シーツを鷲づかみにした。

(ああ、ついにやった！　俺は暁子さんをこんなに感じさせている)

強い満足感とともに、下腹部も熱くなる。

だが、放ちたくない。ここで我慢して、暁子を天国に導くことができれば、大きな自信になるはずだ。

ぐっとこらえて、大きく、強く打ち込んだ。

「あああ、お義父さま、ほんとうにイキます。イッていいですか？」

「ああ、いいぞ。イッていいぞ、そうら」

つづけざまに腰を叩きつけたとき、

「ぁあああ、来る……イク、イク、イッちゃう……やああああああああああああああ、くっ……！」

思い切りのけぞり返った暁子は、生々しく獣染みた声を洩らして昇りつめ、それから、がくん、がくんと躍りあがる。

功太郎は射精をこらえつつ、暁子が気を遣るさまを、しっかりと脳裏に焼き付けた。

5

功太郎はベッドに仰向けに寝て、腕を伸ばしている。

その二の腕に、暁子は頭を乗せて、功太郎のほうに身体を向け、静かな呼吸を繰り返している。

すでに日は沈みかけていて、西に傾いた太陽が白いレースカーテンを朱《あか》く染めていた。

「お義父さま？」

暁子が手を功太郎の胸板に置いた。

「何？」

「したいの」

「えっ……？」

「もっと、したいの」

甘えるように言って、胸板をなぞってくる。

「お義父さま、まだ出していないでしょ？」

「ああ……」

「だから……」

「そういうことなら、べつに出さなくても大丈夫だぞ」

「ふふっ、ほんとうはそうじゃないの。わたしが、お義父さまともっとしたいだけ」

そう言って、暁子は上体を持ちあげて、胸板に頬擦りした。

功太郎は感動した。女性から、こんなうれしいことを言われたのは初めてのような気がする。

「俺は、まだまだできそうだ。あなたを前にすると、すごく元気になるみたいだ」

「ふふっ、お義父さま、わたしを好きでしょ？」

「ああ、好きだよ」

「わたしの主人が、卓弥さんじゃなく、お義父さまだったらよかったわ」

「おいおい、それは言いすぎだよ」

「だって、実際にそう感じるんだから……」

暁子が胸板にキスをする。

柔らかくウエーブした髪に肌をくすぐられ、チュッ、チュッとついばむようなキスをされ、胸をなめらかな舌でなぞられると、ぞわぞわっとした戦慄が走る。

(俺が、卓弥の代わりに暁子さんの夫になってやる。お前は、卓弥の嫁ではなくて、菊池家の嫁なんだからな)

功太郎はこのセックスの間に、自分が変わっていくのを感じていた。前の功太郎なら、こんなふうには思えなかった。

気持ちを込めて、髪を撫で、丸っこい肩を慈しむようになぞる。

と、暁子の顔が下へ下へとおりていき、腹へと達すると、小休止していた分身がまた頭を擡げてきた。

「お義父さまの……また大きくなった」

口角を吊りあげて、暁子がうれしそうに言った。

それから、薄い毛布のなかに潜り込んでいく。すぐに、湿った口腔に包まれ、ぷにっとした唇で圧迫されると、それがまた臨戦態勢をととのえた。

「上になって、いいですか？」

毛布を剝いで、暁子が言う。

「ああ、いいぞ」

暁子は下半身をまたぐと、蹲踞《そんきょ》の姿勢になって、屹立を太腿の奥に擦りつける。驚いたのは、いまだ女の裂け目が濡れていたことだ。しかも、ぬるぬるとすべるほどに。

「あああ、気持ちいい。こうしているだけで、気持ちいいの」

暁子がゆっくりと沈み込んできた。

屹立を奥まで呑み込んで、暁子はもう一刻も待てないとでも言うように、激しく腰を振る。

「ぁあああ、感じる。お義父さま、暁子はおかしくなってる。卓弥さん相手だと、こんなふうにはならないのよ。きっと、お義父さまと相性がいいんだわ」

暁子がうれしいことを言う。

「そうか……きっと俺たちは相性が抜群なんだろうな。これで、終わりじゃないよな？　これからも、レッスンをつけてほしいんだ」

「いいですよ。でも、まずは七海さんに試してくださいね。その結果次第では、まぁ

「……」

「そうか、うれしいよ」

「今日は、お義父さまもう充分に課題はクリアなさったから、出していいですよ、なかに」

「えっ、いいのかい？」

「はい。ピルを呑んでいるから、中出ししても大丈夫ですから」

「そうか、よし……そうだ、ひとつお願いがあるんだが……」

「何ですか？」

「その、バックからしたいんだ」

「バックから？」

「ああ、一度でいいから、暁子さんと後ろからしたかった。ダメか？」

「かまいませんよ」

暁子は腰をあげて結合を外し、ベッドに這う。

功太郎はベッドを降りて、床に立ち、近くに来るように言う。

暁子が四つん這いで後ろに移動して、ベッドのエッジまで這ってくる。

幻想的な光景だった。

窓のレースカーテンを朱く染めた夕陽が、暁子の色白の大きなヒップにも朱い色を落としていた。

「きれいだ、お尻が夕陽に染まっている」

「恥ずかしいわ」

「きれいだよ、ほんとうに……」

朱く色づいた双臀の切れ込みが悩ましい。そして、その底に女の切れ目がはっきりと見え、しかも、それは夕陽を浴びて、妖しくぬめ光っている。

功太郎は立ったまま、腰を引き寄せる。床に立つ体勢にしたのは、経験上、このほうが全身を使えて疲労感が少なく、同時に強く打ち込めるからだ。

切っ先をめりこませていくと、怒張が熱く滾った道をこじ開けていき、

「うあっ……！」

暁子は短く呻き、頭を撥ねさせた。

「ああ、すごい。ぎゅんぎゅん締まってくる。すごいな、いつまでも窮屈なままだ」

そう言って、功太郎は腰を打ち据える。

ほどよくくびれたウエストをつかみ寄せ、突き出された尻たぶめがけて、叩きつけ

る。パチン、パチンと乾いた音が撥ねて、

「あん、あんん、ぁあああん」

暁子は悩ましい声をあげて、裸身を前後に揺らす。

功太郎が前屈みになって、乳房を揉みしだくと、暁子の身悶えがいっそう激しくなり、同時に、膣の締めつけが強くなった。

硬くせりだしている乳首を捏ねると、暁子はがくん、がくんと全身を震わせて、

「ぁああ、あああ……お義父さま、恥ずかしいわ。また、また、イキそうなの」

逼迫《ひっぱく》した様子で訴えてくる。

「いいんだぞ、何回もイッて……うれしいよ。男冥利《みょうり》に尽きるよ。そうら……おおお、締まってくる。おおう、出そうだ。出そうだ」

「あああ、ください。なかに欲しい……」

「いいのか？」

「はい……あああ、それ……あん、あん、あんん……イキます。イクわ」

「おおおお、イケぇ！」

功太郎はスパートした。残っている力を振り絞って、豪快に叩きつける。

ベッドが軋んでいる。

夕陽が眩しい。

「おおおぉ」

「あん、あん、あんん……来るわ、来る……ぁあああああ、ちょうだい！」

暁子が背中をしならせて、いっそう腰を後ろに突き出してきた。

「出すぞ、出す……」

猛烈に叩き込んだとき、下半身が熱くなり、それがしぶいた。

体がよじれるような快感が脳天にまで響きわたり、功太郎は唸りながら、必死に暁子の腰を引き寄せる。

放たれた精液を膣で受け止めながら、暁子はがくん、がくんと躍りあがって、エクスタシーの波に身を任せている。

我慢したせいもあるのか、長い、長い射精だった。

打ち終えてがっくりと覆いかぶさると、暁子はいまだ絶頂の余波がおさまらないのか、ヒクヒクと震えていた。

第五章　今夜限りの肉交

1

その日、功太郎は遅番で、午後になって会社に出勤した。

功太郎は商品管理部だから、事務仕事以外にも、倉庫の商品管理をする。

在庫のチェックをし、月に何度かは徹夜で倉庫番をする。

今日はその夜を徹しての倉庫番の日だった。

会社は主に衣料品関係を扱っているから、火事でも出したら、損失は甚大だ。

また、盗難をふせぐためにも、会社は夜を徹しての倉庫番を必要とした。いっそのこと警備員でも雇えばいいのに、と思うのだが、その費用が惜しいらしく、功太郎のような嘱託に任されていた。

昼間はフォークリフトが行き交う倉庫も、従業員が帰宅すると、怖いほどの静寂に包まれる。

しかし、功太郎はこの仕事が嫌いではない。

定期的に見まわりをするくらいで、ほとんどすることはないし、当直室は狭いが、テレビや仮眠室もあって、さほど不自由を感じない。

それに、翌日は有給の休みになる。

たまには日常とは異なる場所で夜を明かすのも、新鮮でいい。

午後七時、定期見まわりを終えたところで、ケータイに電話がかかってきた。

宇川からだった。

『今から例の店です。菊池さん、俺、今夜はあかりを落としますよ。アフターで誘いだして、そのままホテル行きますからね』

宇川の鼻息が荒い。

決意を他の誰かに告げることで、自分を叱咤激励しているのだろう。

「頑張れよ。俺は今日、倉庫番だから、当直室で応援してるよ」

『ありがとうございます……いつもは寸前でかわされるけど、今夜はぐいぐい攻めますからね。いい結果を報告しますよ』

「そう願ってるよ。大丈夫、お前はいい男だ。気持ちを伝えて、ぐいぐいせまれば、あかりちゃんだって落ちるさ」

『ありがとうございます！　頑張ります』

意気込みをあらわにして、電話が切れた。

水商売の女は、抱けるのではないかと客に思わせて、店に通わせ、結局寝ないというのが常とう手段である。

だが、宇川ほどの情熱があれば、キャバクラ嬢も情にほだされて、ついつい許してしまうことだってあるかもしれない。

元はと言えば、宇川の七海への恋心を逸らせるためにあの店に連れていったのだ。申し訳ないという気持ちもないではないが、ある意味、水商売の女にこれだけ夢中になれるのは幸せなことかもしれない。

今、功太郎も暁子という女に夢中になっている。

相手は、息子の嫁である。いくらいい女でも家族の範疇《はんちゅう》にとどめておくべき存在であり、絶対に男と女の関係になってはいけない。

そんなことは、わかりすぎるくらい、わかっている。

だが、息子の嫁はもっとも身近な他人の女性であり、その彼女が極めていい女だった場合、こういう気持ちになるのはしょうがないではないか。

いくら、七海を満足させるためのコーチ役とはいえ、もう二度も抱いてしまったのだ。

最近は、卓弥と顔を合わせるのがつらい。

息子が、鬼怒川のお土産を持って帰宅したときは、どうしても普通に接することができなくて、顔が引き攣《つ》ってしまった。

自分が破廉恥《はれんち》なことをしているという思いはある。しかし、卓弥が他に女を作るからいけないのだ。

そう自分を必死に納得させている。

自分でもどうしようもないと感じるのは、今、こうして当直室でぼんやりとしていても、ついつい暁子のことを思ってしまっていることだ。

(今、暁子さんはどうしているのだろう？　今夜は卓弥がもう帰ってきているはずだ。俺がいないから、二人きりか……いちゃいちゃしているんだろうか？　しかし、息子は浮気しているのだから、暁子さんが相手にしないいんじゃないか？)

などと想像していると、またケータイに電話がかかってきた。

(うん、誰だろう？)

見ると、画面には「真下七海」と出ている。彼女は、今日、功太郎が倉庫番をしているることを、わかっているはずだが――。

『菊池さんですか？　七海です』

「ああ、きみか……どうした？」

『わたし今、倉庫の前に来ています』

「えっ、ここに？」

『はい。お腹空《す》くだろうと思って、夜食持ってきました』

「ああ、ありがとう。今、開けるから」

部屋を出て、通用門を開けると、スーツ姿の七海が手提げ袋をさげて、愛らしい顔をして立っていた。膝上のタイトスカートを穿いている。

「入って」

招き入れて、扉を閉める。

当直室に来た七海は、持ってきた手提げ袋から、タッパーを取りだして、テーブルに置き、

「サンドイッチを作ってきたんですけど……」

くりくりした目を向ける。

「わざわざ、作ってくれたの？」

「……サンドイッチ、得意なんで、食べてもらえたらと思って」

「ありがとう、うれしいよ、すごく。ちょうど、腹も空いたところなんだ。開けていい？」

「はい……開けます」

七海が自分でタッパーを開けた。

「おお、すごいな。いっぱいある。いろいろ挟まっていて、美味しそうだ」

「今、召し上がりますか？」

「ああ、そうするよ。全部は無理だから、残ったものは冷蔵庫に保管して、あとで食べるよ」

「はい、お手拭きです」

七海が差し出してきたお手拭きで、手を拭き、食べやすく三角に調理してある一切れをつまんで、口に入れる。

「うん、美味しいよ。マスタードが効いているし、トマトとホワイトクリームが絶妙だ」

「よかった、やった！」

七海が小さなガッツポーズをして、破顔した。笑うと、真っ白な歯がこぼれて、愛くるしい。

「きみも食べなよ」

「はい、少しだけ」

七海も自分で作ったサンドイッチを頬張り、「うん、美味しい」と自画自賛する。

テーブルを挟んだ正面の椅子に腰かけているが、膝上のタイトスカートから、むっちりとした太腿がのぞき、その奥が気になってしまう。

この前、ラブホテルで抱いて以来、二人でデートはしていない。

暁子のレッスンを受け、長く持たせられるという自信はついた。また、暁子には、七海を抱いてからでないと、相手はしないと言われていた。

だが、功太郎の気持ちが変わってしまった。

(自分は暁子さんに惚れてしまっている。その暁子さんとほぼ最高に近いセックスをした。今となっては、自分が七海ちゃんを抱くのはどうなんだろう？　ウソがあるんじゃないか？)

そんな気持ちが芽生えて、七海を誘えなかった。また、七海も誘ってこなかった。

功太郎が、「美味しい、美味しい」と、サンドイッチを口に放り込んでいたとき、七海が急に真顔になって、言った。

「この前のこと、まだ気にしていらっしゃるんですか？」

「この前のことと言うと？」

「……その、ラブホでのことです」

「俺が、その、早めに出してしまったこと？」

七海がうなずいて、言った。

「わたしは全然気にしていません。あのとき、菊池さんとできたことがすごくうれしかった……だから、最後のほうは気にしていません」

「ありがとう。そう言ってもらえると……」

「でも、あれから、菊池さん、わたしを誘ってくれません。だから、やっぱりあのことを気になさっているんじゃないかって……」

七海がおずおずと見あげてくる。

「気にはしているよ。今までもきみが誘ってくれていたしね……でも、誘いがないから、きみのほうがあれに懲《こ》りて、いやになったんじゃないかって思っていたんだ」

「それは、違います。男と女の関係になってしまったら、男が誘うのが自然じゃないですか？」

「ああ、確かにね」

「でも、菊池さん、ちっとも誘ってくれないから、わたし、嫌われたのかなって……わたしのこと、嫌いですか?」

七海が身を乗り出してきた。

「そうじゃないよ。きみのことは好きだよ、前も言ったと思うけど、真下さんは頑張り屋さんで、性格も素直だし、顔もかわいいし、オッパイだって大きい。俺が若い男なら、放ってはおかないよ。ただね……」

「ただ……?」

自分には、他に好きな女性がいる、しかも、彼女は息子の嫁なんだ——。

そう心の底では思ったが、もちろん、絶対に言えることではない。

「俺はもう若くはないんだ。きみとは、三まわりも歳が離れているんだ。不自然すぎるよ。きみは、みんなの前で堂々と、菊池さんとつきあっています、菊池さんに抱かれていますって言えるかい?」

言えません、という言葉が返ってくるのを予想していた。だが、返ってきたのは、

「全然、平気です。みんなの前で、堂々と宣言できます」

という、まさかの言葉だった。

「……！」

功太郎は言葉を失った。

「だから、もう一度、抱いてください」

七海が後ろにまわり、背後から抱きついてきた。

唖然としたが、ひどくうれしくもあった。

「七海を好きにしていいんですよ……」

「でも、また勃つかどうか、わからないんだよ。それに、すぐに出してしまうかもしれない」

「いいんです、そんなことは……言ったでしょ？　わたし、心を許せる人でないと、濡れないんです。菊池さんじゃないと、ダメなんです」

殺し文句だった。こんなことを囁かれて、その気にならない男はいないだろう。

「わかった。でも、俺はこういう関係は不自然だと思う。いや、俺はいいんだ。この歳で、きみのような若くて素晴らしい女の子を相手にできるんだから。これ以上の幸せはないよ。ただ、心配なのは、きみなんだ。七海ちゃんにはもっとふさわしい男がいるよ。彼氏を見つけて……うぅっ」

功太郎は口をふさがれた。

七海にキスされたのだ。

前にまわった七海が顔を挟み付けるようにして、唇を重ねてくる。

「むむむ……」

功太郎がとまどっている間に、七海は椅子の前に来て、功太郎の開いた足の間に身体を入れ、正面から唇を重ねる。

そして、唇を舐めながら、功太郎のズボンの股間を撫でてきた。

イチモツに力が漲ってきた。少し前までは、ほとんど役に立たなかった不肖の息子が今は、少し愛撫されただけでも、たちまちエレクトする。

それは、とても素晴らしいことだ。しかし、その反面、節操を失くしているとも言える。

功太郎は残っている理性を働かせて、七海の唇を引き剝がした。

「わかった、こうしよう。これを最後にしよう」

言うと、七海が「えっ」と眉根を寄せた。

「きみが好きだ。素晴らしい女性だと思う。きみには幸せな人生を送ってほしい。だからこそ、きみは俺とつきあっちゃダメなんだ」

「わかりません、おっしゃっていること、全然わかりません。わたしの幸せを考えてくださるなら、わたしとつきあってください。どうして、逃げようとするんですか？　ほんとうはわたしが嫌いなんですね。わたし、面倒ですか？」

「そうじゃないよ。そうじゃなくて……」

功太郎はこのままでは埒《らち》が明かないと感じた。仕方がない。

「じつは……好きな女性がいるんだ。俺が女性を愛せる期間はもう長くはない。だから、その人に愛情を注ぎたいんだ。だから……」

功太郎が思い浮かべているのは、暁子だった。

「ほんとうですか？　それって、わたしが宇川さんを断った口実そのものじゃないですか？」

「ああ、そうだ。あれはウソだったけど、これはウソじゃないんだ。事実なんだよ」

きっぱり言うと、七海が押し黙った。それから、訊いてきた。

「その女の人って、わたしの知っている方ですか？」

「いや、知らない。うちの近所の人だから」

「名前は？　何歳なの？」

「名前は、暁子で、歳は三十二だ」

功太郎はウソをついていない。もちろん、暁子という名前を出しても、彼女が息子、の嫁であることなど、説明しなければ絶対にわからないはずだ。

「……そうですか、三十二歳ですか……。何をしている方ですか？」

「それは、言えない。これ以上は勘弁してくれ。でも事実なんだ。悪かったね、前からいたんじゃなくて、最近になってできた人だから」

「わかりました。本気みたいだし……諦めます。でも、今夜はいいんですよね？」

七海が大きな目で見あげてくる。

「ああ、もちろん……だけど、きみはいいの？　好きな女のいる男に抱かれるのは、不本意でしょ」

「大丈夫です。不本意でも何でもありません。割り切って、抱かれます。でも、今は本気で愛してくださいね」

「ああ、もちろん。これが最後になってしまうけど、でも、一生懸命するよ」

「……わたし、頑張って、菊池さんをわたしから離れられなくするわ。知らないですよ、どうなっても」

「ああ……俺も頑張って、きみをイカせるよ」

言うと、七海は微笑んで、功太郎のワイシャツのボタンを指でつまみ、ひとつ、またひとつと外していく。

2

ワイシャツのボタンを外し終えると、七海はジャケットを肩から落とし、自分の白いブラウスのボタンを外す。

薄いピンクの刺しゅう付きブラジャーがこぼれでて、それを持ちあげている乳房があらわになる。

（やはり、大きいな）

上から見ているので、よけいに胸の谷間が強調されて、そのゴム毬《まり》みたいなふくらみとせめぎあうようにして形成された谷間に圧倒されてしまう。

七海はブラウスを脱ぐと、功太郎のワイシャツも肩から落とし、胸板に、ちゅっ、ちゅっとキスをし、ズボンの股間に頬擦りする。

それから、ズボンに手をかけて足先から抜き、グレーのブリーフに口づけをする。

小鳥が餌をついばむようにキスをされ、ブリーフ越しにイチモツをなぞりあげられると、分身がいっそう力を漲らせる。

「ふふっ、大きくなった……そうか、二回目のとき、カチカチになったのは、その彼女とセックスして自信を持ったからか……そうですよね？」

さすがに鋭いなと感心しつつ、うなずく。

「もう、悔しい！」

七海は肉棹を上からつかみ、ぎゅっと握ってくる。

「くう、痛いよ！」

「懲らしめてやる！」

七海は悪戯っぽい目で見あげて、勃起をさらに強く握り、それから、一転してやさしくキスしてきた。

窄《すぼ》めた唇を押しつけながら、ブリーフ越しに勃起を睾丸のほうから、撫であげてくる。それから、ブリーフを半分ほどさげ、転げ出てきた肉柱の先端にちろちろと舌を走らせる。

茜色《あかね》にてかつく亀頭部を頬張り、「うん、うん、うん」とくぐもった声を洩らしながら、強烈にしごきあげてきた。

「おおぅ、くっ……強すぎるよ」

そう訴えても、七海は容赦しない。まるで、功太郎のおチンチンが憎くてしょうがないといった様子で、指と口で攻め立ててくる。

「わ、わかった。きみ以外に女を作って、悪かった。だから、許してくれ」

思わず謝ると、七海はちゅるっと吐き出して、

「ダーメ、許さない」

そう言って、ブリーフを脱がし、功太郎の足をつかんで、ぐいと持ちあげる。

椅子の上で、ペニスはおろか、睾丸や尻の孔《あな》まで剝きだしにされて、功太郎は羞恥で身を揉みたくなる。

「恥ずかしいよ、これ。やめてくれ……堪忍《かんにん》してほしい」

「ダーメ。ほら、自分で足を持って……そう。タマタマとお尻の孔をかわいがってあげるね」

七海が自由になった手で肉柱を握りながら、皺袋を舐めてきた。

陰毛の生えた袋の皺のひとつひとつを伸ばすように丹念に舌を這わせ、それから、頰張ってきた。片方の睾丸をまるまる吸い込まれて、

「くううっ……」

功太郎は呻きつつ、足を突っ張らせる。

まるで、キンタマがひとつ食われてしまったかのようだ。そして、頰張った睾丸を七海は「じゅるるる」と卑猥な音をさせて吸い、口の中で揉みしだいてくる。

「おおおう、降参だ」

言うと、七海はちゅぱっと吐き出して、もう片方の睾丸を同じように咥え、吸い込みながら、いきりたつものを握りしごく。

功太郎のほうも慣れるにしたがって違和感がなくなり、快感に変わってきた。うっとりと味わっていると、七海の舌がおりていった。

肛門へと至る蟻《あり》の門渡《とわた》りをちろちろと舐めおろし、アヌスの寸前でUターンして、会陰部を舌で巧妙になぞってくる。

おチンチンの裏筋から伸びているこの縫い目は、男がもっとも感じる箇所でもある。それはわかっていたが、こうやって実際に愛撫されると、ぞわぞわっとした快感がひろがってくる。

「気持ちいいですか？」

「あ、ああ……うっとりしちゃうよ。不思議だな。きみみたいな子が、こんなすごいことをできるのが……誰かに教わったの？」

「……秘密、です。いいじゃないですか、気にしないでください。女の人って、結局誰かに教わっているんですよ。知らないほうが、いいです」

「ああ、確かに、知らないほうがいいことはたくさんあるね」

「そうです」

にこっとして、七海は裏筋をツー、ツーッと舐めあげ、亀頭冠の真裏に舌を細かく打ちつけてくる。それから、上から咥え込んできた。

まったく先を急ぐ感じはなく、その行為自体をじっくりと愉しみたいという様子で、ゆっくりと丁寧に唇をすべらせ、舐めてくる。

時々、効果を確かめるように功太郎を見あげて、うかがってくる。

そのきらきらした瞳が無邪気でありながら、男をフェラチオでコントロールする女の悦びをたたえているようにも見える。

「ありがとう。そろそろきみをかわいがらせてくれ……ベッドに行こうか。シングルだから、小さいけど」

言うと、七海はペニスを吐き出して、こくんとうなずく。

当直室の奥に仮眠室があり、そこに置かれたベッドに二人で向かう。

まさか、このベッドで女子社員を抱くことになるとは……。

こんな破廉恥なことをするのは、自分くらいだろう。見つかったら、間違いなくクビだ。勤務中なのだから。

功太郎が服を脱ぐと、七海もピンクのブラジャーを外した。こぼれ出た巨乳と呼んでいい乳房に見とれた。

七海は恥ずかしそうに胸を隠しながら、スカートのなかに手を入れて、パンティストッキングをおろし、足先から脱いで、ベッドに腰かけた。

身につけているのは紺色のタイトスカートとパンティだけで、豊かな乳房があらわになったその格好が、いかにもオフィスラブという雰囲気があって、かきたてられる。

胸の前で両手を交差させ、うつむいてベッドに腰をおろしている七海は、ほんとうにかわいらしくて、いじらしくさえある。

功太郎は七海をそっと寝かせる。それでも七海はまだ胸を隠したままなので、その腕をつかんで開かせ、頭上に押さえつけた。

「あっ……！」

と、七海が顔をそむけた。

(やけに今夜は色っぽいな……)

そう思いつつ、上から七海を見る。

ショートヘアの前髪が乱れて、いつも以上にその顔が可憐ではかなげで、男の欲望を駆り立ててくる。

そして、両腕をあげさせられて、腋の下をさらされ、たわわな乳房をあらわにされている七海の無防備な姿をひどくセクシーに感じてしまう。

「そんなにじっと見ないでください。恥ずかしいわ」

七海がますます顔をそむけて、身体をよじる。

「ああ、ゴメン。なんか、今夜のきみはとくに色っぽいんだ」

「そうですか？」

「ああ……」

「きっとこれが最後だって気持ちがあるからだわ。ほんとうに最後なんですか？」

「……ああ、最後にしよう」

「……菊池さん、最後にしたいことを全部して……わたし、菊池さんだったら、何をされても大丈夫です」

七海がつぶらな瞳を向けてくる。

(ああ、これも殺し文句だ。この子はすごい。俺がもっと若かったら、この子とつきあいたかった。この子とつきあう男は果報者だ)

功太郎は唇にキスをし、ぷっくりとしたサクランボみたいな唇を舐める。そうしながらも、両手を顔の横で押さえつけている。

キスをおろしていき、首すじから肩、さらに、胸へと唇を押しつけると、七海は

「ぁあああぁ、いいんです」とのけぞって言う。

胸のふくらみを舐めた。

手で七瀬の腕を押さえつけているので、使えるのは口しかない。

グレープフルーツのようなふくらみの、頂にせりだしている薄いピンクの突起にしゃぶりつくと、

「ぁあああうぅ……！」

七海は顔をのけぞらせる。

いったん吐き出して、舌で上下左右に転がし、また、吸う。吐き出して、今度は反対側の乳首を吸い、舐め転がす。

それをつづけるうちに、七海の洩らす声がまるですすり泣いているようなものに変わった。その哀しくて、同時に女の官能を燃え上がらせた喘ぎは、七海が初めて洩らすものだった。

(こんなセクシーな声を出すんだな。そうか、この格好か……やはり、かわいい外見に似あわずM的なところがあるのだろう)

功太郎は両手を頭上にあげさせておいて、あらわになった腋窩に顔を寄せた。

きれいに剃毛《ていもう》された腋は悩殺的に甘酸っぱい匂いに満ち、そこをつるっと舐めると、

「ぁあっ……」

七海はビクンと痙攣する。

これは、暁子にされたことだった。同じことを女性にしてみたいと考えていたが、まさか、七海にするようになるとは……。

つづけて、腋の窪みに舌を走らせると、七海はいっそう激しく震えながら、

「ぁあああ、ああ……許して。そこは許して……おかしくなる。おかしくなっちゃう」

と、切羽詰まった様子で訴えてくる。

「いいんだよ、おかしくなって……むしろ、なってほしい」

そう声をかけて、また、腋の下を緩急つけて舐めながら、左手で乳房を揉みしだく。

それをつづけると、七海はすすり泣くような喘ぎを洩らしていたが、ついには、身体を痙攣させ、

「もうダメ……もうダメ……ぁあああ、へんなの。わたし、へんなの……ぁあああああ、ぁあああああ……」

と喘ぎを長く伸ばして、身体をこれ以上は無理というところまでよじり、顔を打ち振り、顎を突きあげる。

功太郎は腋から顔をあげると、七海の手を縛るものはないかと、周囲を見まわした。

七海はこのすべてをさらした格好に性感を昂《たかぶ》らせるようだった。しかし、功太郎も手を自由に使って、七海を愛撫したかった。

（そうか、ネクタイで）

ハンガーに自分がしていたネクタイがかけてあった。

「このままだよ」

そう言って、功太郎はベッドを降り、ネクタイを外した。戻ってきて、

「きみは、自由を奪われるのが好きみたいだから、これで縛るね。いいかな？　いやなら、やめるけど。どう、縛っていい？」

訊くと、七海は少したぬらってから、こくんとうなずいた。

（ああ、やはりな……）

功太郎はサディストではないが、女性の悦ぶことは何でもしたかった。敢えて言えば、それが功太郎の性癖だった。

両手を前に出させ、手首を合わせて、ネクタイをぐるぐる巻き、ぎゅっとくくった。

「あんっ……」

か細く喘ぐ七海がかわいらしい。

その手を頭上にあげさせて、このまま体勢を維持するようにと言う。

それから、功太郎は下半身のほうにまわって、膝をすくいあげる。

タイトミニがずりあがって、淡いピンクのパンティが基底部を鼓の形に覆っているのが見えた。

しかも、一見して、楕円形にシミが浮き出ているのがわかった。

「いやよ、恥ずかしいわ。濡れてるでしょ？」

七海が眉根を寄せた。

「ああ、すごく濡れてる」

「見ないでください」

「見ないようにするよ。その代わり、舐めるぞ」

功太郎は両膝の裏をつかんで、足をM字に開かせ、基底部にしゃぶりつく。ピンクの布地に舌が届くと、

「いやあああ……」

悲鳴が噴きあがった。

すでに蜜が沁み込んでいる二重になった底に、舌を走らせ、そして、貪りつく。口全体で擦り、太腿の付け根や基底部を舐めると、ピンクの布地が唾液を吸って、張り

つき、陰唇や狭間の色形が透けてできた。

「すごいな、べっとりと張りついて、オマ×コが透けて見えるぞ」

言葉でなぶると、

「ぁああん、恥ずかしいよぉ」

口ではそう言いながらも、七海はもっとしてとばかりに、下腹部をせりあげ、くねらせる。

ネクタイでひとつにくくられた両手を頭上にあげ、乳房を丸出しにして、タイトミニの奥をくねらせる七海は、これまで功太郎が感じとれなかった色香をかもしだしていた。

膝から離した右手で、パンティの基底部をなぞった。湿った布地がむにゅっと凹んで、指先が奥の狭間を擦ると、

「ぁああん、いやいや……」

七海はいやがる素振りを見せていたが、それをつづけるうちに、

「ぁあああ、いいよぉ……ああん、もっといじめてください。ぁああ、ああああああああああ、いいのよ」

七海は恥丘をぐいぐいと擦りつけてくる。

ぐしょ濡れになった基底部をひょいと横にずらすと、煽情的な性臭とともに、濡れた花びらが解き放たれた。

とろとろになった陰部にかきたてられながら、あらわになった肉びらや膣口を舌でなぞると、

「あっ……あっ……ぁあううう……ダメ、ダメ、欲しくなっちゃう！」

七海が濡れ溝を顔面に擦りつけてくる。

3

ベッドに仁王立ちした功太郎の前に、七海がしゃがんで、いきりたつものを頬張っている。

仁王立ちフェラは好きだが、あまりやってもらったことはない。

しかも、七海はひとつにくくられた両手を、肘を曲げて後頭部につける格好で、イチモツを口だけで頬張ってくれているのだ。

じゅるる、じゅるるっと、意識的に音を立ててすすり、七海は顔をリズミカルに打ち振る。

時々、ちらりと見あげ、功太郎の様子をさぐってくる。

前髪が乱れたととのった顔は、全体が紅潮して、目の縁に朱がさしている。

「気持ちいいよ」

功太郎が言うと、七海はうれしそうに微笑み、いったん勃起を吐き出して、言った。

「何か、命令してください」

「命令するのか？」

七海がうなずく。

「だったら……そうだな。奥まで咥えてくれないか？」

うなずいて、七海が怒張に唇をかぶせた。そのまま、ぐぐっと根元まで咥え込んで、

「ぐふっ、ぐふっ」

と、噎《む》せた。

それでも吐き出そうとはせず、もっとできるとばかりに奥まで吸い込み、えずきそうになるのを横隔膜を上下動させながらこらえる。

そして、陰毛に唇が触れるまで深く咥え込むと、息を吸い込んで、バキュームしようとする。

「おおぅ……吸い込まれる」

思わず言うと、七海は噎せながらもさらに奥まで頬張り、ちらりと功太郎を見あげてくる。

自分のイチモツがすっぽりと七海の口におさまっている。

七海の口は小さいほうで、きっと切っ先は喉に届いているに違いない。絶対に苦しいはずだ。その証拠に、つぶらな瞳にはうっすらと涙の膜がかかっている。

なのに、七海は必死に頬張っている。

「すごいぞ、やっぱりきみは頑張り屋さんだ」

髪を撫でると、七海はにこっとして、今度は顔を斜めにして、振りはじめた。俗に言う歯磨きフェラで、功太郎の肉茎が頬の粘膜を擦っていき、片方の頬がリスの頬袋のようにふくらんで、それが移動する。

亀頭部が粘膜で刺激されて、気持ちがいい。

それ以上に、七海がここまで尽くしてくれることに、心が動く。

(この子はほんとうにいい子だ。性格がいいというだけではなくて、それを現実化するテクニックも持ち合わせている。俺は、ほんとうにこの子と別れられるのか？)

心を持っていかれそうになって、ダメだ、と自分を戒める。

「ありがとう。そろそろ入れたくなった」

七海は肉棹を吐き出して、つぶらな瞳でじっと見あげてくる。

「じゃあ、仰向けに寝て」

「はい……」

七海は生まれたままの姿でベッドに仰臥した。指示したわけでもないのに、ひとつにくくられた手を頭上にあげて、乳房や腋の下を見せてくれている。

七海は奔放でかわいく、一途な頑張り屋さんだ。それだけでなく、性的にはMっ気があるのだ。

男が放っておけなくなるタイプだ。

(しかし、俺には暁子さんがいる。残念だが、七海ちゃんは諦めざるを得ない。これが最後なんだ。最後はきっちりと昇りつめてもらって、それで、別れよう)

今一度心を決めて、膝をすくいあげる。

淡い若草のような陰毛の底で、わずかに口をのぞかせた花園がいやらしくぬめ光っていた。

狙いをつけて、慎重に打ち込んでいく。

狭い入口を亀頭部が押し広げ、すべり込んでいく確かな感触があって、

「あうぅ……」

七海が仄白い喉元をさらして、のけぞり返った。

「おうう、くっ……！」

と、功太郎も奥歯を食いしばらなければいけなかった。それほどになかは窮屈で、とろとろに蕩けた粘膜が波打ちながら、分身を締めつけてくる。

やはり、具合がいい。

先日はこの絶妙な締めつけにあって、我慢できずに洩らしてしまった。今回はそれだけは避けたい。

自分は暁子のレッスンを受けて、その問題を解消したはずだ。

功太郎は両膝の裏をつかんで、ぐいと開きながら押さえつけて、まずはゆっくりと慎重にストロークを開始する。

ねち、ねちゃといやらしい音とともに、勃起が陰毛の下を行き来して、

「あん……あん……あんん」

七海が愛らしい声を控えめにこぼした。

打ち込むたびに、グレープフルーツ並みに丸々とした乳房が揺れて、その豪快な縦揺れを眼下に目にするだけで、幸せな気持ちになる。

「気持ちいい？」

こう訊くのは、女性から「気持ちいい」という言葉を聞きたいからだ。

「七海ちゃん、気持ちいいかい？」

「はい……気持ちいいです。どんどん良くなってきます」

「そうか……きみのオマ×コもどんどん具合が良くなるよ」

「きっと、相手が菊池さんだからだわ。わたし、このまま別れるなんて、いや……どうしていいかわからない」

「七海ちゃんには、俺なんかよりもっとふさわしい彼氏ができるよ。その彼と結婚して、いい家庭を築けばいい」

「……それは。自分で決めます！」

七海は怒ったように言って、顔をそむける。

「そうだね、自分で決めればいい」

そう言って、功太郎は肉の槌《つち》を振りおろす。えぐりこんでおいて、途中からしゃくりあげるように撥ねあげる。

すると、S字を描いた切っ先が、膣の天井側にあるGスポットを擦りあげながら奥へとすべり込んでいき、子宮口近くの柔らかなふくらみに触れて、

「ああん、そこ……届いてる。そこ、すごく感じるの。ぐりぐりしてください」

七海が潤んだ目を向けてくる。

「こうか？」

功太郎は膝裏をつかむ手に力を込めて、足をさらに開かせながら押さえつける。

膣と勃起の角度がぴたりと合って、先端が奥に達し、そこで、功太郎は押しつけたまま腰とともに肉柱を擦りつける。

すると、亀頭部が奥の扁桃腺のようにふくれた粘膜を、ぐりぐりと捏ねることになって、

「ああん、これです。あああ、ああああ、響いてくる。熱いの、燃えてる……ぁああああああうう」

七海は両手を頭上にあげたまま、顎をこれ以上は無理というところまで、せりあげる。

功太郎もひどく気持ち良かった。

七海も確実に高まっていく。

だが、これで射精するのは、いかにも早すぎる。もっと、七海を感じさせて、身悶えさせたい。

功太郎はいったんゆるめて、足を放し、七海に覆いかぶさった。

すると、七海がキスをせがんできた。功太郎も応えて、唇を重ね、舌をからませながら、ゆるやかに腰をつかう。

「んん、んん、んんんん……ぁあああ」

七海が自らキスをやめて、ひとつにくくられた手で、功太郎を抱き寄せる。

腕が作る輪っかのなかに、功太郎の顔が突っ込まれている状態である。

七海が抱き寄せるので、功太郎はされるがままにくっつき、そして腰を波打たせる。

ちょうど顔が乳房に触れているから、顔を埋めて、乳首をしゃぶる。

痛ましいほどに硬くせりだした乳首を頰張り、舐め転がしながら、腰ではかるくジャブを突く。

「ぁああ、ああ、くうう……菊池さん、感じます。すごく感じるの……」

七海がぎゅっとしがみついてくる。

「俺もだよ、俺もすごくいい」

「ああ、やさしい……若い男はこんなやさしいことは言ってくれない」

「いや、若い子のなかにも、やさしい男はいるさ」

「……いないわ。いないわよ」

「いるさ……」

功太郎は背中に手をまわして、七海を起こし、自分は胡坐をかいて座る。

途中から自力で起きてきた七海は、腕の輪っかを功太郎の顔にかけ、腰から下をくねらせて、

「ぁあ、あああ、ぐりぐりしてくる。ぐりぐりが気持ちいい」

功太郎の耳元で囁いた。

功太郎はキスをし、くっついている乳房をつかんで、揉みながら、頂上の突起を指で捏ねる。

すると、七海は「んんんん」とくぐもった声を洩らして、腰をくなり、くなりと揺すって、勃起を揉み抜いてくる。

七海とはこれで三度目だ。そのせいか、セックスの息が合ってきたようだ。せっかくここまで来たのに、これで終わるというのは勿体《もったい》ない気がする。

しかし、決めたことだ。

(俺には暁子さんがいるじゃないか。未練がましいぞ)

自分を叱り、また、乳房を揉みしだき、口づけをする。

「んん、んんん……んんんん！」

七海はぎゅっとしがみつきながら、もどかしくてしょうがないといった様子で、腰

を前後に揺すって、濡れ溝を擦りつけてくる。

(ああ、最高だ……)

前回とは違って、これだけ余裕があるのは。すべて暁子に訓練を受けたせいだ。息子の嫁に個人レッスンを受けたからだ。

暁子に感謝しなくてはいけない。

「ぁああ、すごいわ。菊池さん、前と全然違う。これも、彼女としたから?」

いきなり七海が核心を突いてきた。

「どうだろうね」

「そうなんだわ。彼女さんとして、自信がついたのね? そうなんでしょ?」

「どうなんだろう……」

「気をつかっているのね、わたしに……悔しい」

唇をぎゅっと噛んで、七海が大きく腰をつかった。

「ああ、よしなさい……」

「やめないわ、搾りとってあげる」

「うう、くう……」

功太郎は必死に射精をこらえる。さっきまであった余裕が今はもうなくなっている。

「後ろに寝てください。動きにくいから」

七海が不自由そうに腰を振りながら言った。

「いいよ、あまり動かなくても」

「ダメ、懲らしめてやるんだから。後ろに寝てください」

七海は頑として聞かない。

「わかったよ」

功太郎は後ろに上体を倒す。

七海がじっと功太郎を見て、ひとつにくくられた手を功太郎の胸に突き、前屈みになって腰を振りはじめた。

さっきまでマゾっぽかったのに、今はむしろ攻撃的になっている。きっと、嫉妬を感じると、相手を懲らしめたくなってSっぽくなるのだろう。

胸板に突いた両腕に左右の乳房が挟まれ、いっそうせりだした二つの乳首が目のように功太郎をにらみつけている。

そして、七海は大きな瞳を輝かせて、腰から下を大きく、激しく振って、

「ああ、いいの。ぐりぐりしてくる……ああああう」

と、顔をのけぞらせる。

気持ちが良すぎた。目の当たりにしている光景が色っぽすぎる。

分身を熱い坩堝《るつぼ》に揉み抜かれて、またあの射精前に感じる熱さがひろがってくる。

(ダメだ、これでは!)

ここで出してしまっては、七海を存分にイカせたことにはならない。ラストセックスとしてはあまりにも呆気なさすぎる。

「七海ちゃん、自分で動きたい。こっちに……」

言うと、七海は前に屈んで、上体を倒してくる。

功太郎は背中と腰に手をまわして、汗ばんでいる裸身を抱き寄せる。最初のときにした体位と同じだった。あのときは呆気なく出してしまった。これだけ長持ちするのだということを、七海に見せつけたい。

功太郎は下から腰を撥ねあげた。

これなら、自分で加減できるから、長く持ちそうだ。

腰をつかみ寄せて、ぐいぐいと下から突きあげた。すると、七海は律動のたびに裸身を前後に揺らせ、

「あん、あんん、あんんんっ……」

と、甲高い喘ぎをスタッカートさせる。

「気持ちいいんだね？」

「はい、気持ちいい……ぁああ、菊池さんが好き……もっとしたい。もっと、してよ」

七海が抱きつきながら、言う。

「するよ。もっと、するよ。だけど、今夜限りだからね」

「いや、いや、いや……ぁあああああ、いいのぉ！」

功太郎が強く突きあげると、破廉恥な音がして、七海の洩らす喘ぎが赤裸々な悦びの声に変わった。

ひとつにくくられた手を前に置いて、これ以上は無理というまで顔をのけぞらせる。上を向いた顔が快美の悦びをあらわし、すっきりした眉が可哀相なほどに折り曲げられている。

功太郎は下から乳房をむんずとつかみ、その指が沈み込んでいくような弾力を味わいながら、つづけざまに下から撥ねあげる。

力強く屹立した分身が、窮屈な肉の道を斜め上方に向かって擦りあげていき、

「あん、あんん、あん……あああ、イキそう。イキそう！」

七海が大きく上体を反らせる。

「いいんだぞ、イッて。そうら、気を遣りなさい」

功太郎は奥歯を食いしばって、ぐいぐいと腰をせりあげる。

「ぁああ、あああああ……イク。イク、イク、イッちゃう！」

七海がひとつにくくられた手で、首すじをつかんでくる。

「うぐぐっ……」

窒息しそうになりながらもひたすら突きあげたとき、

「やあああああぁぁぁ……くっ！」

七海が倉庫中に響くような声をあげ、最後に呻いて、いっぱいに顔をのけぞらせた。

気を遣っているのだろう、反りかえったまま。がくん、がくんと躍りあがる。同時に、膣がエクスタシーの収縮を示し、功太郎は危うく搾り取られそうになりながらも、必死にこらえる。

4

（とうそう七海をイカせた。しかも、俺はまだ放っていない）

功太郎は歓喜に酔いしれた。

ぐったりした七海と繋がったまま、横に一回転して、功太郎が上になる。

上から眺めていると、ようやく絶頂の波が去ったのか、七海がぱっちりとした目を開けて、

「すごかった」

はにかむように言った。

「まだ、出していないからな」

功太郎はついつい自慢げに言っていた。

「すごいです。この前と、全然違う」

「そうか？」

「はい、違います」

そう言って、七海はひとつにくくられた手で慈しむように功太郎の頬を撫でてくる。

功太郎はその指を舐め、頬張り、吐き出す。

「ふふ、すごいわ。まだ、硬いよ」

七海が言う。

「おチンチンが？」

「はい、菊池さんのこれ」

七海がきゅっと勃起を締めつけてくる。

「すごいな、今、ぎゅっと」

「意識的に締めたのよ」

「意志で締められるんだね」

「そうみたい」

七海は明るく笑って、また膣を締めて、勃起を包み込んでくる。

「くう、きついよ」

「悔しいわ。菊池さんのビクともしないんだから」

「そうでもないよ。ぎりぎりで我慢したんだ」

「ほんとうに？」

「ああ、事実だよ。危なかった」

「ねえ、今度は出していいよ」

「わかった。でも、大丈夫なの？」

「はい、大丈夫な日だから」

「どういう形がお望みかな？」

「できれば……わたしの手を頭の上に押さえつけて……無理やり犯すみたいに」

そう言う七海の目がきらっと光った。

「よし、犯してやる」

功太郎は正面から結合したまま、前に屈み、ネクタイでくくられた手を頭上に押さえつけた。

肘を両手で押さえつけているので、七海の腕はひろがり、功太郎も前傾している。顔のほぼ真下に、七海の顔がある。前髪は乱れて、いつものかわいらしい表情が今は、何かを期待するように赤らんでいた。

左右の腋の下があらわになり、巨乳と呼んでも差支えのないたわわな乳房も丸見えで、そのすべてをさらしてしまっている姿が悩ましい。

功太郎は顔を寄せて、唇を奪う。あえかな喘ぎとともに口が開き、舌をさぐると、七海は自分から舌をからめてくる。

功太郎は意識的にねちねちと舌をからませながら、腰をつかう。

ゆっくりと打ち込んでいくと、七海はくぐもった声を洩らしていたが、やがて、キスをしていられなくなったのか、唇を離して、

「ああ、ああああ……いいのよ、いいの……ぁあああああ」

顔をのけぞらせて、仄白い喉元をさらす。ネクタイの巻かれた両手を頭上にあげて、

無防備な姿をさらし、感極まった様子で身悶える。

七海がかわいく、けなげであるがゆえに、その落差がエロチックだった。

その表情を食いいるように見ながら、徐々にストロークを強くしていく。

前に体重をかけて、両腕を押さえつけながら、叩きつけた。

ぎりぎりまでふくらみきった分身が、ぐさっ、ぐさっと突き刺さっていき、

「あん、あん、あんん」

七海は顎をせりあげて、いい声で啼《な》く。

(よし、今だ……!)

と、功太郎はスパートした。

覆いかぶさるようにして、いきりたちを深いところに叩き込むと、窮屈な膣がウエーブでも起こしているように波打ち、ざわつき、粘膜のうねりが功太郎を一気に追い込んでいく。

「そうら、イクぞ。出すぞ」

「ぁああ、ください、ください……」

七海が目を開けて、せがんでくる。その甘えたような顔がたまらなかった。

「おおう、七海、七海……くおおお」

「あん、あん、あん……ああ、来る。来ます……あああ、イッちゃう。イクぅ……」

功太郎は残っているエネルギーをすべて使い果たすつもりで、叩きつけた。息が切れかけている。

奥を突くと、まったりとしたふくらみがまとわりついてきて、あの逼迫した昂揚感がせまってきた。

「出すぞ、出す！」

「ください……あん、あん、あんん、あああ、すごい……イク、イク、イッちゃう……やあああああぁぁぁぁ……はうっ」

七海がひとつにくくられた手でシーツをつかみ、のけぞり返った。

止《とど》めとばかりに押し込んだとき、功太郎も至福に包まれた。

熱いと感じるほどの男液が放たれ、その歓喜に身を任せる。

迸る男液を受けとめながら、七海は絶頂の波間にたゆたっている。

抱きしめていると、当直室のブザーが鳴った。定期巡回を知らせる音を聞いて、功太郎は結合を外し、七海に待っているよう告げ、服を着て、巡回に出た。

第六章　嫁の謀《たばか》りごと

1

翌日、夜勤を終えて朝に家に帰った功太郎は床につき、起きたのは昼過ぎだった。階下に降りていくと、暁子が遅いランチを用意してくれていた。今日は平日だから、卓弥は会社に出ている。

「昨夜はお疲れさまでした。ランチ食べられますか？」

にっこりして訊いてくる暁子は、いつにも増して美しく、優雅だ。

最近とみにきれいになった気がする。自分の目に間違いがないとしたら、それは自分とのセックスがいい影響を与えているのではないか？

功太郎はついついそう考えてしまう。

暁子が得意の様々な香辛料を使ったチキンカレーを口に運びながら、功太郎は昨夜のことを話す。

倉庫の当直室に、七海が差し入れを持ってやってきたこと。そして、請われるままに、当直室で身体を合わせたことを話しだすと、俄然、暁子が身を乗り出してきた。

「長く、できましたか？」

「ああ、一応ね。見間違いでなければ、彼女は何度もイッていたな」

「すごいわ、お義父《とう》さま」

「あなたのお蔭だよ。暁子さんがレッスンをつけてくれたから、自分に自信が持てた。危ないときもあったけど、どうにか乗り切ったよ」

「よかった。あれから、七海さんの話が出ないので、心配していたんですよ」

暁子がスプーンを使う手を止めて、アーモンド形の目を向け、口角を引きあげた。

「ああ、なかなか誘う気にならなくて」

「どうしてですか？」

「それは……つまり、七海ちゃんとはあまりしたいという気が起きなくて」

言うと、暁子が不思議そうに小首を傾げた。

「つまり、あなたが……あれだから、彼女とはあまり気が乗らないんだ」

「わたしが、あれ、って？」

「だから、暁子さんとしたあとでは。もう誰ともする気がしないんだ」

暁子は無言で、じっと見つめてくる、

「つまり、俺は暁子さんじゃないとダメなんだ」

「でも、お義父さまは七海ちゃんとできたんでしょ？」

「ああ……だけど、彼女にはこれが最後だからと言ってある。もう、彼女とはしないつもりだ」

「わたしがいるからですか？」

「ああ……」

「でも、わたしは卓弥さんの妻ですよ。お義父さまの息子の嫁なんですよ。これまでのことは、お義父さまを応援したかったから……」

「わかっている。だけど、ダメなんだ。あなたじゃないと」

自分でも随分と身勝手なことを言っていると思う。しかし、事実なのだから、しょうがない。

暁子が隣の椅子に来て、

「困りましたね」

横から、功太郎をそっと抱いてくれた。

「悪いな。勝手なことを言って」

功太郎は胸のなかで言う。自分が情けない。しかし、こうやって甘えていると、なぜか故郷に帰ったような安心感を覚える。

「いいんですよ。わたしもいけないんです。お義父さまの気持ちを考えずに、あんなことをしたから……」

暁子が背中をさすってくる。

「悪いね」

そう言いながらも、功太郎はニットに包まれた豊かな胸に、顔をぐいぐい押しつける。

「どうしたら、いいんでしょうね？」

暁子が背中をさすりながら、耳元で言った。

「また、あなたとしたい。卓弥がいないときに」

「……考えさせてください」

「ああ、そうしてくれ」

暁子が席を立とうとしたので、それを押しとどめた。

「行かないでくれ……もう少し、このままでいさせてくれ」

「困ったお義父さまだこと」

口ではそう言いながらも、暁子は功太郎の背中をさすってくれている。

我慢できなくなって、功太郎はニットの上から、乳房のふくらみを揉みしだき、頂上の突起にキスをする。しゃぶりつくと、

「あん……っ！」

びくっとして、暁子は顔をのけぞらせる。

功太郎がニットの裾をまくりあげていくと、濃紺の刺しゅう付きブラジャーに包まれた乳房があらわになって、あらためて、そのたわわさと雪のように白い乳肌に感激し、気づいたときは、ふくらみの頂に貪りついていた。

カップを強引に押しあげると、たわわな乳房がこぼれ、コーラルピンクの乳首に功太郎はしゃぶりつく。

「ぁあああん……！」

暁子は艶めかしい声を洩らしながらも、それはダメっとでも言うように、突き放してくる。

引き剝がされまいと貪りつき、乳首に吸いつき、舐め転がすうちに、徐々に乳首が

硬くしこってきた。

その明らかに勃ってきた突起を舌で左右に撥ねると、

「ぁあああぁうぅ、ダメ、いけません……ダメ……ダメ……ぁあああうぅ」

暁子が抑えきれない喘ぎをこぼして、ぎゅっとしがみついてきた。

(何だかんだと言っても、暁子さんは俺の愛撫に応えてくれる。卓弥としていないから、きっと満たされない欲求が溜まっているんだ)

その証拠に、暁子は乳首を吸われながらも、手をおろして、功太郎のズボンの股間を撫でさすってくる。

しなやかにさすられるうちに、分身はたちまち頭を擡《もた》げ、ズボンを突きあげてきた。

暁子が椅子の前にしゃがんだ。

ズボンとブリーフをおろして、いきりたっているものを頬張ってきた。

「お、くっ……！」

驚いた。いきなり頬張ってくるなんて。

ふっくらした唇がすべり、湿った舌がまとわりつく。

温かい。そして、膣のようにねっとりと潤っている。

適度に締められた唇が表面を大胆にすべり動く。ぐっと快美がうねりあがってきた。

湿った音がどこからかして、前に座った暁子のスカートに包まれた尻がうねっていた。ハッとして見ると、暁子は右手をスカートのなかに入れて、自ら太腿の奥をいじっているのだった。

（おおおお、暁子さん……エッチすぎるぞ）

息子の嫁が義父のペニスを頬張りながら、自らを慰めている。

頭が痺れるような昂奮で、イチモツがますますギンとしてきた。

「ぁあああ、暁子さん。出てしまうよ」

思わず訴えると、暁子が顔をあげ、スカートのなかに手を入れて、濃紺のパンティを足先から抜き取った。

椅子に座っている功太郎の膝をまたいで、すっくと立った。

それから、ふわっとしたスカートをたくしあげ、功太郎の屹立をつかんで、翳りの底に擦りつけた。そこはすでに洪水状態で、ぬるっとした肉びらがまとわりついてくる。

暁子が勃起の先を濡れ口に導いて、ゆっくりと沈み込んできた。

イチモツが濡れたとば口を突破して、ぬるぬるっと体内にすべり込んでいき、

「うあっ……」

　暁子が顔を反らしながら、功太郎の肩につかまる。

「うおおおっ……」

　と、功太郎も唸っていた。

　暁子の体内は熱いと感じるほどに滾《たぎ》っていて、しかも、いつも以上に締めつけが強く、粘膜がざわめきながら、からみついてくる。

　暁子がもう一刻も待てないとでも言うように、腰を振りはじめた。

　両手で肩につかまり、向き合った格好でまたがり、腰を激しく前後に打ち振って、

「ああ、あああ、いいの。いいの……たまらない。お義父さまのおチンチン、気持ちいいの。ああ、硬いのが掻きまわしてくる。あああ、先っぽが奥に届いてる……ぁあ、あああああ」

　功太郎は勃起を揉み抜かれる快感に酔いしれながら、目の前の乳房をつかんだ。

　ニットからこぼれでた乳房を揉み、頂を捏ねると、

「あああ、ダメ……あん、あんん、あんっ……」

　暁子は肩につかまりながら、いっそう激しく腰を前後、左右に振る。

　あの暁子が欲望もあらわに腰を振っている、しかも、ここは家族団欒の場であるダイニングテーブルなのだ。

思わず、胸のふくらみにしゃぶりついていた。柔らかなふくらみに顔を埋め、乳首に吸いついた。チューと吸い、突起を舐めた。

すると、暁子は「ぁああ、いい……いいの」と艶めかしく言って、腰を振りたくる。

強烈に揉み抜かれて、功太郎も一気に追い込まれた。

「ああ。ダメだよ。こんなにされたら、出てしまう」

訴えたとき、暁子が思わぬことを言った。

「ああ、出して……お義父さまのミルクが欲しい」

「いいのかい？」

「ええ……ピルを飲んでいるから、中出しして大丈夫。ぁあああ、イキそう。恥ずかしい……恥ずかしい……ぁああ、イッちゃう……ああ、あああ、あああああ」

上体をのけぞらせながら、暁子の腰振りはいっそう激しくなった。

「おおう、出すぞ。出す！」

「ぁあ、ちょうだい。今よ……やあああああ、イク……」

「おおおうう……！」

次の瞬間、功太郎は激しくしぶかせていた。

熱いものが噴出する快美感が総身を貫いた。

そして、暁子は昇りつめながらも、迸る体液をしっかりと受け止めている。

2

一カ月後の朝、三人で朝食を摂っていたとき、いつも先に出る卓弥が席を立つ前ににこにこしながら言った。

「そうだ、暁子さんからうれしい報告が、父さんにもあるらしいぞ。俺が伝えてもいいけど、こういうことは本人の口から聞いたほうがいいだろし……」

卓弥がもったいぶった言い方をした。

「何かな？」

「だから、それは暁子さんから……さあ、これからが大変だぞ。じゃあ」

卓弥が席を立ち、それを暁子が追った。

(何だろうな？)

思い当たる節がない。首をひねっていると、暁子が玄関から戻ってきた。

向かいの席についたところで、功太郎は訊いた。

「報告って、何かな？」

「……わたし、妊娠しました、子供を授かったんです」

「……子供が、できたのか？」

「はい……昨日、産婦人科で調べてもらったら、妊娠二カ月だとわかりました。ようやく授かった子ですから、大切にしたいと思います」

「そうか、よかったじゃないか。おめでとう」

そう言って、功太郎はあれっと思った。

暁子はピルを飲んでいたんじゃないか？　それに、浮気のせいで、卓弥とはセックスしていなかったはずじゃないか。

(妊娠二カ月というと……)

妊娠したときをだいたい計算したとき、まさかと思った。

その頃と言えば、功太郎が暁子の許しを得て、中出ししたときだ。

(まさかな……？)

急に心臓がバクバクしはじめた。

「暁子さんは、その……卓弥とも、あれをしていたんだね？」

「はい、していました。夫婦ですから」

「そうか、だったらよかった」

「どういうことですか？」

暁子が小首を傾げた。

「いや、もしかして、俺の種じゃないかと思ったものだから。もちろん、そんなことはあり得ないだろうけどもね」

「あるかもしれませんよ」

暁子がきゅっと口角を引きあげた。

ドキッとして、功太郎はまじまじと暁子の顔を見てしまった。

暁子が静かに言った。

「わたしたち、なかなか子供ができませんでした。原因は卓弥さんの精子が薄いことでした。だから、お義父さまを……」

愕然とした。自分を誘ったのも、すべて計画的だったと言うのか？

「だけど、暁子さんはピルを飲んでいたんじゃ？」

訊くと、暁子は首を横に振った。

「ウソだったのか？」

「はい……申し訳ないとは思ったのですが、どうしても子供が欲しかったので。お義父さまと七海さんのことを聞いたとき、いい機会だと思って……お義父さまも孫を欲しいとおっしゃっていましたし……それに、万が一、お義父さまの種だったとしても、親子で血液型も一緒ですし、たとえDNA鑑定をしてもわからないはずです」

晓子が冷静に言った。

（そうか、そういうことだったのか……！）

晓子はセックスを教えるという名目で義父に抱かれ、精液を体内に注ぎ込んでもらったのだ。先日、ここで功太郎の膝にまたがって、精液を搾り取ったのも、あの段階ではまだ妊娠が発覚していなかったからだろう。でも、待てよ——おずおずと訊いた。

「もしかして、卓弥が浮気しているというのも、ウソか？」

「いえ、お義父さまは認めたくないでしょうが、それは事実です」

「そうか……」

きっと功太郎は暗い顔をしていたのだろう。それを察知したのか、晓子が功太郎を真っ直ぐに見て、言った。

「でも、子種が欲しいというだけでお義父さまに抱かれたんじゃありません。わたしはずっとお義父さまが好きでした。お義父さまのやさしさや包容力に包まれたいと……。ある意味、卓弥さんより好きでした。わたしは好きでもない男には抱かれません。それだけは、わかっていただきたいのです」

　澄んだ瞳で見つめられると、今の言葉はウソではないと感じた、そうでなければ、功太郎相手にあんなに燃えるわけがない。

「生まれてきた子を、かわいがってくださいますね？」

「ああ、もちろんだ」

「ウソをついていて、申し訳ありませんでした」

　暁子は深々と頭をさげた。

　それから席を立ち、功太郎の手を取って、リビングに連れていく。ロングソファに功太郎を座らせて、

「せめてもの罪滅ぼしをさせてください。まだ、二十分は大丈夫ですよね」

　ちらりと壁掛け時計を見て言い、功太郎のズボンを脱がせ、ブリーフにちゅっ、ちゅっと口づけをする、
　妊娠した女性にこんなことをしてもらうのは、まずいような気もする。しかし、太腿をさすられて、股間にキスをされると、分身がたちまち力を漲らせた。

　分身が暁子を感じると、エレクトするようになっているのだ。このイチモツもそれだけ暁子が好きなのだ。

暁子はニットを首から脱いで、後ろに手をまわして、ブラジャーも外す。

あらわになった乳房は気のせいか、以前より大きくなり、張りつめているように感じた。女性は妊娠すると、オッパイが授乳に備えて大きくなると言うから、そのせいかもしれない。

暁子が身体を寄せてきた。

「オッパイ、吸っていいですよ」

功太郎は迷った。しかし、もうこの先、暁子が身体を開いてくれる可能性は薄い。ならば、ここは恩恵を受けよう。

「そうか……生まれてくる子より先に、オッパイを吸わせてもらおうかな」

功太郎は慎重に乳房を揉み、乳首にしゃぶりついた。すぐに勃ってきた乳首を吸い、舌をからみつかせると、

「ぁあ、あああ、いいわ……」

暁子は気持ち良さそうな声をあげながら、ブリーフのふくらみをしなやかな手でなぞってくる。

それが完全勃起すると、ブリーフの内側に手をすべり込ませて、肉棹をじかに握ってしごいた。

「おううぅぅ」

功太郎は歓喜に酔いながら、乳首を吸い、舐め転がす。

「暁子さん、入れるのはダメだよね？」

「はい……今はまだ、いけません」

「ということは、安定期に入ったら、その……」

「それは……また、そのときになったら、考えましょう。今はこれだけで我慢してください。お口に出していいですからね」

そう言って、暁子がソファの前にしゃがんだ。

ブリーフを足先から抜き取って、いきりたっているものを頬張ってくる。

ずりゅ、ずりゅっと大きくスライドされると、たちまち射精感が込みあげてきた。

「おおう、ダメだ、もう出したくなった」

訴えると、暁子はちゅるっと吐き出して、胸を寄せてきた。

いっそうたわわになった気がする乳房で、左右から肉の塔を包み込み、そこに唾液を一回、二回と垂らして、潤ってきた乳房を擦りつけてくる。

「ああああ、気持ちいいよ。あなたにパイズリされるなんて夢のようだよ」

「挿入できないから、せめて……」

「ありがとう。大切な身体だ。無理しなくていいからな」

「はい、ありがとうございます。でも、このくらい平気です」

そう言って、暁子は左右の乳房を交互に上下動させ、屹立を柔らかくしごいてくる。

茜色の頭部をてかつかせた肉柱が、たわわな乳房に埋もれかけれいる。

「ぁああ、暁子さんのオッパイ、すごく柔らかいよ。ああ、たまらない。天国だよ」

天井を仰ぐと、乳房が離れていき、代わりに、温かく湿ったものに覆われる。

見ると、暁子が頬張ってくれていた。

うつむいて、屹立をすっぽりと咥え込み、ゆっくりと顔を振る。

垂れ落ちたウエーブヘアが下腹に触れて、ぞわぞわっとした感触がひろがり、そこに本体を頬張られる快感が加わって、これ以上はないだろうという快感がうねりあがってきた。

「うおおおお、気持ちいいよ。暁子さん、気持ちいいよ」

言うと、暁子はいったん肉棹を吐き出して、指でしごきあげながら、

「出していいですよ。お口で受け止めますから」

功太郎を見あげてきた。

「ああ、ありがとう。何があっても、あなたとその子供を守るからな」

思いを告げた。もしかして、孫ではなくて、自分の子供かもしれないのだ。

「ありがとうございます……お義父さま、好きです。この先、何があってもお義父さまへの気持ちは変わりません」

「あなたのような嫁を持って、幸せだよ……おおぅ、出そうだ」

根元を握りしごかれ、亀頭冠をぐちゅぐちゅと頰張られると、陶酔感がさしせまったものに変わった。

「うん、ん、うんん」

つづけざまに口でしごかれたとき、

「おおああ、出る……くっ！」

精液が噴出する悦びが体を貫いていく。

暁子が放出される白濁液を咥えたまま嚥下《えんげ》する、こくっ、こくっという音が聞こえてきた。

（了）

＊本作品はフィクションです。作品内に登場する人名、地名、団体名等は実在のものとは関係ありません。

長編小説
とろめき嫁《よめ》のレッスン
霧原一輝《きりはらかずき》
2019年9月4日　初版第一刷発行

ブックデザイン……………………… 橋元浩明(sowhat.Inc.)

発行人……………………………………………… 後藤明信
発行所…………………………………………株式会社竹書房
〒102-0072　東京都千代田区飯田橋2－7－3
電話　03-3264-1576（代表）
03-3234-6301（編集）
http://www.takeshobo.co.jp
印刷・製本……………………………… 凸版印刷株式会社

ISBN978-4-8019-1984-6　C0193